琼 瑶
作品大合集

金盏花

琼瑶 著

作家出版社

琼瑶，本名陈喆，作家、编剧、作词人、影视制作人。原籍湖南衡阳，1938年生于四川成都，1949年随父母由大陆赴台生活。16岁时以笔名心如发表小说《云影》，25岁时出版首部长篇小说《窗外》。多年来笔耕不辍，代表作包括《烟雨蒙蒙》《几度夕阳红》《彩云飞》《海鸥飞处》《心有千千结》《一帘幽梦》《在水一方》《我是一片云》《庭院深深》等。

多部作品先后改编成为电影及电视剧，琼瑶也因此步入影视产业。《六个梦》系列、《梅花三弄》系列、《还珠格格》系列等，影响至深，成为几代读者与观众共同的记忆。

琼瑶以流畅优美的文笔，编织了众多曲折动人的故事。其作品以对于梦的憧憬和爱的执着，与大众流行文化紧密结合，风靡半个多世纪，成为华文世界中极重要的文学经典。

我為愛而生，我為愛而寫
文字裡度過多少春夏秋冬
文字裡留下多少青春浪漫
人世間雖然沒有天長地久
故事裡火花燃燒愛也依舊

寶瑤

第一章

帘外雨潺潺，春意阑珊。

韩佩吟倚窗站着，望着窗外那一团雨雾。小院落里的杂草又长起来了，这些日子，实在没有时间，也没有情绪去整理这小院子。墙角的一棵扶桑花，在雨中轻轻地摇曳，那下垂的枝丫上，孤零零地吊着一朵黄色的花朵，给人一种好单薄、好脆弱的感觉。最怕这种天气，最怕这湿漉漉的雨季，最怕这暮春时节，也最怕这寒意袭人的清晨。每一个新的一天，都只是旧日子的延续，如果生活里没有期待和新奇，她真不知道岁月这样一日复一日地滚过去，到底为了些什么。

昨天收到了虞颂蘅的结婚请帖，帖子上有行小字：佩吟，如果你胆敢不参加我的婚礼，你结婚时我们姐妹就全体不到！

虞颂蘅终于也要结婚了，读中学时，她说过要抱独身主义："才不会嫁给那些臭男生呢！"如今，男生不臭了，男生将成为她终身的伴侣和倚靠。本来嘛，虞颂薇今年也二十五岁了，二十五岁和十六七岁到底是个漫长的差距。所作所为所想所思都不会再一样了。二十五岁！佩吟悚然一惊。两年前，她参加过虞颂萍的婚礼，现在是虞颂薇，下次该轮到谁？虞颂蕊吗？不，颂蕊还是孩子，当佩吟和颂薇高中同学时，颂蕊还在读小学呢！可是，现在呢？颂蕊也念大学二年级了！时间，怎么这样快呢？她茫然地瞪着窗玻璃，心里乱糟糟地想着虞家的三姐妹，她似乎全然没有想到过自己。那玻璃上，被她嘴中所呼出的热气凝成了一团白雾，她看不清窗外的雨景了。下意识地，她抬起手来，在那窗玻璃的雾气上写下了一个数目字：26。26，她又写了一个，再写了一个，没什么思想，没什么目的，只是一再重复这个数字，直到母亲的声音在卧室里尖锐地响起来："佩吟！佩吟！""噢！"她低应一声，转过身子，往母亲房里跑去。在走往母亲房间的最后一刹那，她对自己的窗子再望了一眼，这才恍恍惚惚地醒悟到，26，这是她今年的年龄！

一走进母亲的房间，那股阴暗的、潮湿的和病房中特有的药味、酒精味、霉味就对她扑鼻而来。母亲那瘦骨嶙峋的手臂正支在床上，半抬着身子，直着喉咙，不停地喊着："佩吟！佩吟！佩吟！"

"来了！来了！"她三脚两步地跑到母亲床前，用手扶住母亲的肩膀，安慰地拍拍她的肩，一迭连声地问，"怎么了，妈？想下床走走吗？要去洗手间吗？我扶你去！"她弯下身子，在母亲床下找拖鞋。

"不不！"母亲攥住她的手腕，眼光直直地瞪着窗子，带着种难言的恐惧和畏怯，颤巍巍地说，"有……有个人，在……在窗子外面偷看我。"又来了。佩吟心里掠过一阵又无奈又无助的感觉。放开了母亲，她径直走到窗前，把窗子大大地推开，迎进一屋子凉凉的、带着雨意的寒风。她看着窗外，母亲的窗子朝着后院，院子里铺着水泥，空落落的，除了有条晒衣绳从两面墙上拉在空中，横跨了小院之外，院里什么都没有。当然什么都没有。

"没有人，妈。"她从窗前折回母亲床边，"你瞧，窗子外面根本没人，是你在做噩梦，你一定被噩梦吓醒了！"

"胡说！"母亲烦躁而暴怒起来，"我根本没睡觉，怎么会做梦？我一夜都没睡着，我睡不着。窗子外面有人，一个满脸大胡子的人。"

满脸大胡子？佩吟吸了口气，在他们家庭接触过的人里面，只有一个人是满脸大胡子：钟医生！给佩华开刀的钟医生！又来了！这永无休止的问题！这无法解除的心灵枷锁！又来了。她微哂着摇摇头："那是幻觉，妈。"她的声音空洞而无力，只是一再重复着："窗外根本没人，什么大胡子小胡子都没有！你在幻想……"

"我没有幻想！"母亲生气了，眼睛瞪得又圆又大，她枯瘦的手用力拍打着床沿，恶狠狠地盯着佩吟，怒吼着说，"你和他们是一伙的，你也要谋害我！我知道，你安心要把我送到疯人院去！你故意说没有人，你这个不仁不义不孝的坏东西！我不要你！你走！你出去！去叫你弟弟来！叫佩华来！

我要告诉佩华，只有佩华孝顺我，体贴我，你去叫佩华来，你去！你快去……"

佩吟怜恤地望着母亲，心底拧结成了一团痛楚。她无言地后退，退向门边，心里忧伤地想着：人类，那么聪明的动物，发明了各种科学，可以飞越太空，直达月球，却没有药物能医治心灵的疾病！她默默地后退，在母亲的大吼大叫下后退，退到门边，她和闻声而来的韩永修撞了个满怀。韩永修显然是被吵醒的，他还穿着睡衣，正束着睡袍的带子，嘴里急急地问着："怎么回事？又怎么了？"

佩吟回头，仰望着满头白发的父亲。怎么？父亲才只有五十五岁，就已经白发苍苍了？岁月难道对韩家就特别无情吗？她的眼光和韩永修的眼光接触了，她摇了摇头，哀伤地、轻声低语了一句："她又在犯病了，她要佩华！"

韩永修的眉头紧蹙在一块儿了，他望着女儿，佩吟的脸色阴暗，眼神凄楚，她修长的细挑身材，看来竟像枝风中的芦苇。青春呢？佩吟的脸上已没有青春。这些年来，这个家像个吸取青春之泉的魔鬼，一点一滴地把青春的欢乐从她身上吸走。佩吟，她才只有二十几岁呢，为什么要为父母埋葬掉她的幸福？一时间，他对妻子卧病的同情还赶不上对女儿失去欢乐的歉疚。他伸手压在佩吟的肩上，温存地低问："她又骂你了？"

佩吟勉强地微笑了下。

"已经成为习惯了。"她说，又很快地加了句，"不能怪她，她在生病。"韩永修眼底的怜惜更深切了，这眼光触痛了佩吟，她那么了解父亲，包括父亲对自己的歉疚和爱怜，一时间，她很想扑进父亲怀里去，像童年时受了委屈般，扑在父亲怀里大哭一场。可是，现在不行了，父亲肩上的负荷已经够重了，她不能再去加重它。于是，她就努力笑得更坦然一些，故作轻快地说："爸，今天你要照顾她了，我一整天的课，晚上，我还要去赵自耕家……爸，你听说过赵自耕吗？"

"你是说——那个上次平反了一件冤案的大律师赵自耕？很有名气的赵自耕？"

"是的。""你去做什么？""找个兼差，咱们家这样不行，妈妈需要人特别照顾，我想多赚点钱，请个阿巴桑来家里，一方面照顾妈妈，让您能专心著作；一方面也做做饭，让我能多一点自由的时间。"

"那赵自耕需要你做什么？女秘书吗？我并不太同意你放弃教书工作。你是个好教员。"

"不，完全不是。他要请一个有经验的中学教员，来教他的女儿，他拜托我们校长，校长推荐了我。如果工作成了，我白天还是教书，晚上才去。"

"是家庭教师？""是。""他女儿多大？""我也不清楚，我想，是十八九岁吧！因为她去年没考上大学，她爸爸才要给她请家教……"

"十八九岁？"韩永修惊叹着，"那岂不是和你差不多大？"

"小多哩！爸，你糊涂了！"佩吟的笑容里藏着落寞，"我都二十六了，已经好老了！"

"老？"韩永修本能地一怔，这个字竟从佩吟的嘴里吐出来？简直是奇怪极了，他愕然地看着女儿，正要说什么，屋里已传出一阵尖锐的呼唤声："佩华！佩华！你快进来！我听到你的声音了！佩华，你在花园里干什么？不要一个劲儿念书呀！眼睛都近视了！佩华！佩华！佩华……快进来呀……"

韩永修咬了咬牙，放开佩吟，他快步地走进了卧室，直冲到老妻的床前。佩吟轻悄地往自己房间走去，她听到父亲的声音，那样苍凉，那样悲苦，那样无奈，而又那样真实地、诚挚地，也是"残酷地"在说着："素洁，你醒醒，求你醒醒吧！咱们早就失去佩华了！他死了，六年前就死了！你必须承认这事实，是钟大夫给他开的刀，记得吗？他在手术台上就死了！记得吗？他只活到十七岁……"

"胡说！"母亲在尖叫着，"你是谁？我不认得你！我不认得你们每一个人！为什么你们要包围着我？滚开！都给我滚开！我要佩华！我要佩华！我要佩华……"她的声音变成了凄厉的狂叫，"我要佩华……"

佩吟忽然觉得自己快要崩溃了，她不自禁地用双手紧紧地捂在耳朵上，想逃避这凄厉的呼唤。六年了！她呼唤了整整六年了。但是，她如何唤得回一个早已死去的儿子呢？

她冲回自己的卧房，很快地关上房门，似乎想把那凄厉的呼唤关在门外。站在房子中间，她慢吞吞地转过身子，目光呆呆地瞪视着书桌，桌上堆着学生的作业簿、作文本、周记本、习字簿……在那些小山似的作业本上，有一张刺目的红帖子——虞颂蘅的结婚请帖。她费力地把目光从那请帖上移开，下意识地移向了窗子。

那窗玻璃上的"26"居然还没有化开,没有消失。

赵自耕的家坐落在台北市郊。

好不容易,佩吟总算找到了那幢房子,镂花的大铁门深掩着,夜色里,隔着镂空的铁栅,她也可以看出花园里那种"庭院深深深几许"的情景,高大的树木、穿花的小径、扑鼻而来的素馨花香……挺不真实的,像小说中的"侯门"。佩吟还没按门铃,心已先怯了。只知道赵自耕是大律师,却不知道他还是"富豪"。雨仍然在下着,佩吟撑着一把"阳伞",花绸的伞面早就湿透了,伞外下小雨,伞内下毛毛雨,她的头发和衣襟,都沾着水雾,连鼻梁上和面颊上都是湿漉漉的。她在门外先吸了口气,才鼓起勇气按了门铃。

先是一阵狗吠声在迎接她,接着,有条灰黑色的大狼狗就直奔而来,纵身一跳,那高大而粗壮的身子就扑上了铁栅,把佩吟吓了好大一跳,本能地往后连退了两步。那狗对她龇牙,门外的街灯直射在它白森森的牙齿上,使她更添了几分寒意。

"不要叫!黑小子!给我下来!不许趴在门上!"有个很威严的声音响了起来。"黑小子"?原来这条狗名字叫黑小子,倒很别致。然后,有个身材高大的男人就走了过来,一把拖住了狼狗脖子上的项圈,把它硬拉了下去,抓牢了狗,他抬头望着佩吟。

"是韩小姐?"他问。"是的。"她很快地回答,注视着面前这张脸,一张很漂亮的、男性的脸,浓黑的眉毛、挺直的鼻梁、皮肤黝黑，有些像马来人或印度人与中国人的混血。年纪很轻，大概不会超过三十岁。"请进！"那年轻人打开了铁门，把那咆哮着的黑小子往后拉开。"赵先生正在等您。"他说，眼光温和，态度有礼。使她怀疑他在这个家庭里的身份，看样子，他不像佣仆之类，却也不像主人。她跨进了门，一面问了句："请问，您是——？"

"我姓苏，叫慕南，我是赵先生的秘书。"他笑着说，那微笑和煦而动人。他的眼光相当锐利，似乎已看穿她所想的。"我也住在赵家。来吧，我给您带路。"

他拍了拍"黑小子"的头，又说了句："去吧！"就放松了手，那狗一溜烟就窜进了那花木扶疏的深院里，消失在夜色中了。"别怕那只狗，"苏慕南说，"等你跟它混熟了，你会发现它比人更可爱，因为它不会和你钩心斗角。"她不自禁地深深看了他一眼。赵自耕的秘书？她没料到赵自耕会用男秘书，她总以为，这些"成功"了的"大人物"，一定都有个"漂亮"的"女秘书"，而这女秘书的身份还是相当特殊的。跟在苏慕南身后，她向花园深处走去，路面很宽，显然是汽车行驶的道路，车道两旁，全是冬青树，修剪得整齐而划一。冬青树的后面，一边是花园，一边是竹林，花园中影影绰绰地只看到繁花似锦，到底是些什么花，就都看不清楚了。竹林很深，竹林后面，似乎还有亭台和花圃，夜色里完全看不真切。但，这一切已很深刻地震撼了佩吟。她不自觉地联想起自己家中的小花园，小得不能再小，小得像个袖珍花园，自己家还是残留的日式房子，目前在台北市，这种日式房子已不多了，大部分被拆除了盖大厦。自己家还是公家配给的房子，父亲当了一辈子的公务员，就落得这栋配给的日式小屋。在沉思中，她绕过了好几个弯，然后她看到了那栋两层楼的白色建筑物。像座小白宫呢！她想。房子并不新，却相当考究，台阶和墙面，都是白色大理石建造的。她匆匆一瞥，也来不及细看，因为，她的心脏已经在咚咚咚咚地乱跳，她开始怀疑自己来应征这个工作是智还是不智。怎么也没料到是这样一个豪门之家的小姐！考不上大学。她一定是个被宠坏了的、刁钻古怪、骄气十足的阔小姐！要不然，就是个颐指气使，任意妄为的小太妹吧！来当这种孩子的家教，她真能胜任吗？

走上台阶，他们停在两扇刻花的柚木大门外了。苏慕南并没有敲门，就直接把门推开，转身对她说："请进来吧！"她走了进去，在玄关处收了伞，苏慕南很解人意地顺手接了过去，帮她收进一个暗橱里。再推开一扇门，里面就是宽敞而堂皇的大客厅了。苏慕南对里面说了句："赵先生，韩小姐来了！"

她走了进去，这才一眼看到，有个男人正坐在皮沙发的深处，一缕烟雾从沙发中袅袅上升，扩散在客厅中。房间好大，铺着厚厚的地毯，奶油色。她不由自主地看看自己的鞋，湿湿的，曾经踩过雨水，她怕把人家的地毯弄脏了。她还来不及看清是否弄脏了地毯，沙发深处的那个男人已站起身来，面对着她了。她看过去。赵自耕，鼎鼎有名的大律师，活跃在商业界、司法界及新闻界的人物。她心中本来对他有个模糊的想象：半秃的头，矮胖的身材，圆鼓鼓的肚子，有锐利如鹰的眼光，尖酸刻薄的言辞……她看过一部名叫《情妇》的电影，里面饰演律师的查尔斯·劳顿给了她极深的印象，从此，"名律师"在她的心目中都定了型，全是查尔斯·劳顿的翻版。

可是，她眼前却绝非这样一个人物，她几乎是惊愕地望着赵自耕，他好高，起码有一八〇公分！他好年轻，一头又黑又浓又密的头发，有些乱蓬蓬的。头发下，他的脸形方正，戴着一副近视眼镜，镜片后的眼光是熠熠有神的。他看来文质彬彬而潇洒自如。他穿得很考究，笔挺的西服裤，咖啡色。米色的衬衫，外面是和裤子同色的西装背心，打着咖啡色有橘红点点的领带。他身材瘦长，背脊挺直，双腿修长……他简直漂亮得有点过了分！而且，他这么年轻，看来只有三十来岁，怎么可能有个考大学的女儿？一定弄错了，这人绝不是赵自耕！

当她在打量对方的时候，对方也同样在打量着她。她不知道自己给对方的印象怎样，却很了解自己的穿着打扮都太寒酸了，只是一件简单的黑色套头毛衣和一条黑色薄呢裙，准像个小寡妇，她想。"韩小姐，"那人开了口，声音很悦耳，几乎是温柔的，但却带着种难以解释的权威性，"请过来坐，好吗？"

她机械地走了过去，几乎忘记还有个苏慕南了。但，当她回头去看的时候，苏慕南已经不在房里了。她在沙发中坐了下来，赵自耕——如果他确实是赵自耕的话——也坐了下来，坐在她的正对面，他们仍然彼此直视着对方，毫不掩饰地打量着对方。"我以为……"她终于开了口，紧张已成过去，她的情绪放松了，因为，她几乎可以断定，这人绝不是赵自耕了。赵自耕的架子好大，先是秘书，现在又是谁呢？赵自耕的弟弟？亲戚？家人？或是——儿子？"我以为赵律师要亲自和我谈。"她说。他眼底掠过一抹惊讶。

"我是亲自和你谈呀！"他说。

"你就是——赵律师？"她困难地问，"我的意思是说，那位名字叫赵自耕的律师？"

"是的。"他微笑起来，很有兴味地看着她，"我一出生，我父母就给我取名字叫赵自耕，怎么？这名字有什么不妥当吗？"

"不是名字不妥当，"她困惑地摇摇头，"是你本人……"她咽住了，觉得自己表现得好差劲，说的话全不得体，这人，居然就是赵自耕！

"我本人？"他更惊讶了，"我本人有什么不对吗？"

"你告诉潘校长，你要给你女儿请一个家庭教师？"

"是的。"

"你的女儿——她多大啦？"

"十八岁！"

"你瞧！这就是不对的地方！"她率直地说了出来，"你不可能有一个十八岁的女儿！除非你十几岁就结婚了！你也不可能有这么大的名气和事业，除非你十几岁就当律师了！你太年轻，太年轻了！我一直以为，我要来见一个老头子！"

他深深地看她，那镜片后的眼光，到这时才透露出一抹锐利，他似乎想看透她。"这是我一生听过的最技巧的恭维话！"他说，微笑起来，那笑容中竟有种嘲弄的意味。"你一定非常需要这个工作，对不对？"她怔了怔，接着，她就觉得有股热血直往脑子里冲去，使她整个脸都发热了！原来，他竟以为她在讨好他，以为她说这篇话，是因为她急需一个工作！以为她是只摇尾乞怜的小狗？是个谗言媚笑的小人？噢，他确实是赵自耕！尖酸刻薄的言辞，永远怀疑别人的天性，还有那种盛气凌人的倨傲！

她挺直了背脊。或者，她韩佩吟一无所有，贫穷、落寞、寒酸……大概都是她身上的标志，但她一定有一样东西，是这个傲慢刻薄的大律师所看不到的，那就是她秉承父亲的那身傲骨！"你错了，赵大律师！"她冷冷地开了口，重重地吸着气，"我没想到你对'年轻'两个字那样重视，那样喜欢，你毕竟也只是个平凡的凡人！甚至是个俗人！让我坦白告诉你，我确实为你年轻的外表所困惑。但是，你虚有一副年轻而漂亮的外表，却有颗苍老、世故、多疑、傲慢，而且刻薄的心！"她站起身来，直瞪着他："抱歉，我占据了你一些时间，别人和你谈话大概是要付律师费的，我算占了便宜了。我走了，你另请高明！"她转过身子，不再看他，就大踏步往门口走去。

"韩小姐！"他在她身后喊。她本能地停了停。

"回过头来，好吗？"

她不想回头。可是，他声音里有一种魔力，有一种使人无法抗拒的力量,她竟如同被催眠般回过头来了。于是,她看到他一脸的正经和严肃,那眼光温和而深沉。

"如果我伤了你的自尊,你骂还我这篇话也够厉害了!"他说,静静地看着她。"我确实有颗苍老、世故、多疑、傲慢,而且刻薄的心。这是我的职业给我的训练!你称它为职业病也可以。但是,你呢?什么原因让你在这样年纪就如此尖锐和——"他顿了顿,"刻薄?"他微微抬起了眉毛,"你知道你的言辞有多么锋利和刻薄吗?"

她怔住了,然后,她的脸又发热了。这次,不是为了激怒,而是为了羞惭。是的,这两年来,她变得好尖锐,好容易生气。或者,是家里的低气压已经把她压抑得太久了。她垂下了眼睛,忽然沮丧起来。

"对不起,"她喃喃地说,不自禁地发出一声低叹,"我并没有存心要发脾气,我只是受不了别人的误解和冤枉……"

他走向她,停在她面前。

"我们扯平了,好不好?"他问,他的声音变得非常温和,非常低沉,几乎有些不好意思似的,他又小心翼翼地加了句,"我——真的看起来那么年轻吗?"

"是的。"

"谢谢你。"他笑了,"让我告诉你一个秘密,我并不像外界传言的那么了不起,我确实是个凡人,而且是个俗人。"

她抬眼看他,不知道该说什么好。她心里有些狐疑,有些迷茫,不太明白他这句话是气话还是真心话。因此,她沉默着。"我结婚得并不早,"收起了笑容,他一本正经地说,

13

"我二十三岁结婚,二十四岁做了爸爸,现在,我女儿十八岁,你可以很容易算出我的年龄了。"他盯着她:"纤纤十岁那年,她妈去世了,幸好我母亲一直和我住在一起,纤纤是奶奶一手捧大的。去年,她考大学落榜,我要她今年重考。说实话,她的成绩很差,没有一门功课好,我知道你教的是文史,我另外给她请了数理老师。那位老师每星期一三五晚上来,你——能够在二四六晚上来吗?"

她仍然沉默着,心里在飞快地转着念头。从踏进这个客厅起,她就有份不自在的感觉。她瞪视着赵自耕,不知怎的,她不喜欢这个律师,不喜欢他的"优越感",也不喜欢他语气里那种"大局已定"的自信,好像她求之不得要接受这工作似的。而且,听赵自耕的叙述,这女孩一定顽劣而难驯。自幼失母,又在祖母和父亲的娇宠下长大,每门功课都不好,可想而知,她是怎样麻烦的女孩子。看样子,接受这工作不见得会讨好,说不定是自找苦吃。如果她聪明,恐怕还是不接受为妙。"对了,我忘了说一个要点,"赵自耕退到茶几边,燃起了一支烟,喷出烟雾,他慢吞吞地说,"我提供五千元一个月的薪水,我知道你母亲卧病在床,父亲是公务员,因为你母亲生病的关系,他已经退休,你很需要钱用,所以,我出的薪水也比一般家教要高很多。"

她愕然地瞪着他,眼睛睁得好大好大。

"原来——你调查过我!"她抽了口冷气,心里的反感更重了。"你还知道些什么我的事吗?"她憋着气问。

"是的,你有个未婚夫名叫林维之,去美国已经四年了,你仍然在等他……"像被一根利针所刺,佩吟大大一震。他连维之都知道!他把她调查得一清二楚,她不像是来接受"家教"工作,倒像是来参加特务训练一样。她心里的反感已如潮水澎湃,再也控制不住了。"够了,赵律师!"她冷冷地打断他,"你白白调查了我,我不准备接受这工作,我要告辞了。恐怕,你只好再去调查另一个人了!"她往门口走去。

"看样子,我又伤了你的自尊了?"他的声音在她身后响着,"我并没有安心调查你,所有的事都是潘校长告诉我的,她太喜欢你,欣赏你,所以生怕我不用你,才把你的情况告诉我。这也——犯了你的忌讳吗?"

她的手握住了门柄,她没有回头。

"每个人都应该有他自己的隐私,你无权去刺探。"她咽着气说,"林维之"三个字撕痛了她每一根神经,触动了她内心底层的隐痛。

"你真不接受这工作?"

"不接受。"她转动门柄,然后,她听到开门的声音。奇怪,她没有开门,是她身后有某扇门打开了。同时,她听到赵自耕的声音,扬着声调在喊:"纤纤!你进来吧!你老爸把你未来的老师给得罪啦,看你自己能不能留住她!"她蓦然回首,完全是出于好奇,她要看看这个被娇纵坏了的女孩子是什么样子。于是,她完全呆住了。

在客厅的一角,有扇门开了,那扇门后面显然是间书房。现在,从那书房里,有个少女盈盈然地走了出来。她的头发乌黑乌黑的,中分着,垂在肩上,几丝发丝拂在额前。她的面庞白皙，眼珠深黑得像暗夜的天空，闪亮如同灯下的钻石，她纤细苗条，如弱柳迎风。那眉目清秀得像一张古画里的仕女图。她脚步从容，行走间，轻盈得像脚不沾尘。她穿了件宽宽的、浅蓝色的真丝衬衫，系着条湖水色的长裙，整个人像一朵海里的浪花，像凌晨时天空的第一抹微蓝，那样纤尘不染，又那样美丽如画，那样亮丽，又那样清新，那样柔柔的、梦梦的、雾雾的……又那样纯纯的、静静的、雅雅的……天哪，世界上竟有如此动人的女孩！

佩吟被迷住了。

她从不相信，自己会被一个女孩迷住。可是，现在，她真的被一个女孩迷住了。纤纤，她的名字取得真好，再也没有另外两个字可以做她的名字了。

纤纤径直走到她面前，停下来。她那清柔如水的眼睛里盛满了坦白、真挚与说不出来的温柔，静静地瞅着她。她的嘴唇好薄好薄，好小好小，她张开嘴来，声音悦耳如出谷黄莺，却不杂丝毫做作，她轻声说："我会很努力很努力地念书，只要你肯教我！"

她迎视着纤纤的眼光，那眼睛里逐渐涌起一种"我见犹怜"的乞求韵味。佩吟被"收服"了，她全面投降了。抬起头来，她费力地把眼光从纤纤脸上转向赵自耕。后者正专注地在研究着她的表情，立刻，她知道赵自耕已经在她脸上获得了答案，因为，他微笑了，一种胜利的微笑。

他问："二四六晚上，行吗？"她点头。

"七点到十点，会不会太长？"她摇头。

"那么，下星期开始，我会派车接送你，所以，你不必为交通工具操心。"她再点点头。垂下眼光，她和纤纤的眼光又接触了，纤纤微笑起来，那笑容就像水面的涟漪，那样轻缓而诗意地漾开，漾开，漾开……使她不知不觉地，被传染似的，也微笑起来。

虞家是个人丁旺盛的家庭。

说起来，再没有人像虞无咎这样幸福而成功的了。他是个商业界有名的人物，拥有一家庞大的电子公司，一个贤惠而善理家的妻子，还有四个优秀的儿女。这儿女顺序是老大虞颂萍，老二虞颂蘅，老三虞颂超（唯一的男孩子）和老四虞颂蕊。如今，除了最小的女儿颂蕊还在读大学之外，其他三个都已大学毕业。老大颂萍嫁给了政界一位要人的儿子黎鹏远，老二颂蘅马上要和一位在电视公司做事的年轻人何子坚结婚。老三颂超呢？颂超是家里的宝贝，唯一的男孩，虞太太的心肝……按理说，生长在这样一个既富有，而又都是女孩的家庭的男孩子，应该是被宠坏了的、被娇纵的、无法无天的。但是，虞颂超却是例外。

虞颂超毕业于成大建筑系，受完军训后，他并没有利用父亲的人事关系，就自己考进了一家建筑公司。他秉承了父亲对事业的狂热，他工作得非常努力，存心要给建筑公司一个良好的印象，来奠定自己事业的基础。虽然，他好年轻，简直是半个孩子，他并不能真正独立，却在努力"学习"独立。

这是一个热闹的晚上，全家都在为颂薇的婚事商讨细节，只有虞颂超，他把自己一个人关在房里。

他正在灯下专心地绘制一张建筑图，他已经一连画坏了四五张，这张不能再出毛病了。但是，这图里总有些不对劲的地方。本来嘛，这是老板给他出的难题，一共只有四十坪地，要建四层楼，还要"别致""新颖""现代化""有创意"……他已经绞尽脑汁，画出来的图仍然像市政府建的市民公寓。他拿着比例尺，退后了一步，望着自己摊在桌上的建筑图，"要尽量利用每一个可以利用的空间"，这是老板叮咛过的。要命！说不定老板有意刁难他，好请他走路。他用手搔搔头，头发还没长长，他不自禁地就忘了设计图，跑到镜子前面去看自己的短头发。真驴！真丑！真土！全世界的人只要一看他的那个半长不短的怪头发，就会知道他刚刚才受完军训的了，他想装得成熟一点，都装不出来。所以老板、经理和总工程师……都把他看成孩子。他那位同办公室的张工程师更妙，干脆就用四川话喊他"娃儿"，弄得全办公室都叫他"娃儿"，"娃儿"竟变成他的外号了。这简直是侮辱，他昂藏七尺之躯，堂堂男子汉，竟被称为"娃儿"，只因为这头土里土气的短头发！

他正对镜"顾影自怜"，房门忽然被冲开了，虞颂蕊像一阵风般地卷了进来，一迭连声地喊着："老三！老三！全家人都忙着，你一个人躲在屋里干什么？老二要你去试男傧相的礼服，刚刚送来，快快快！哎哟……"颂蕊大惊小怪地嚷开了："以为你在工作，结果你在照镜子！让我告诉你吧，随你怎么照，你也成不了美男子！"

"老四，你给我住嘴！"颂超喊着，冲回到书桌前面，"你去告诉老二，我不当她的男傧相了，叫她另外请别人当吧！"

"你开什么玩笑？"颂蕊的眼睛瞪得滴溜圆，"衣服都是按照你身材量的，你又哪一根筋不对啦？"

"你瞧我这个头发！"他吼着，"丑成什么样子？我以为到她结婚的时候可以长长，谁知道它长得这么慢！我不当了！不当了！"

"胡闹！"颂蕊跺脚，"你少娘娘腔了好不好？婚礼上大家都看新娘子，谁会去注意你的头发是三分长还是五分长！你再不出来，我撕了你的建筑图！"

颂蕊说做就做，从书桌上一把抢过那张建筑图，卷在手上，回身就往外跑。颂超大急，跟在后面就追，一面追，一面急吼吼地又喊又骂："颂蕊！你弄坏了这张图你当心我剥你皮！你还给我！我要交差的呢！你这个疯丫头、死丫头、鬼丫头、怪丫头、莫名其妙的乌鸦头……"他骂得顺了口，就胡嚷乱叫地喊着。颂蕊只是充耳不闻，两人这一追一跑，就跑到了大客厅里。客厅里黑压压的一屋子人，反正都是家里人，颂超也没看清楚有些谁，仍然追在颂蕊身后胡喊乱叫："……莫名其妙的乌鸦头、丑八怪的老鹰头、坏心眼的小魔头……"

"随你骂我是什么头，"颂蕊躲在沙发后面，露出她那张小圆脸来，笑嘻嘻地说，"我总没有你那个土里土气的三分头！"

"我撕了你！"颂超又追。

"喂喂喂！老三老四，你们干什么？"虞颂蘅从沙发里站起来大叫，"你们也不瞧瞧清楚，家里还有客人呢！老三！尤其是你，怎么永远没有一点大人样子！你站好，韩姐姐你总记得吧！"颂超慌忙站住脚步，定睛看去，这才看到韩佩吟正和二姐颂蘅、大姐颂萍坐在同一张长沙发上。佩吟扬着睫毛，正对自己很稀奇地看着，就像在看一个三岁大的小顽童似的。颂超这一下，可觉得尴尬极了。说真的，他对这个韩姐姐印象相当深，从小，大姐、二姐的同学就在家中川流不息，谁也没注意过他这个家中唯一的男孩子。只有韩佩吟，每次来总跟他打打招呼，聊聊天。有一次，他的作文怎么也作不出来，那个刁钻的语文老师，出了个古怪作文题目叫"蝉"。他就不知道"蝉"有什么好写的，拿作文本来问二姐颂蘅，被颂蘅一顿乱骂给骂了回去："你不会写，我怎么会写？我又不是生物学家！"

当时，就是这个韩姐姐解救了自己，她拿过作文本，提起笔来，只用三十分钟，就洋洋洒洒地写了一大篇。如今，已不太记得那篇文章的内容，只记得韩佩吟引用了一首骆宾王的诗，其中有这样几句："……露重飞难进，风多响易沉。无人信高洁，谁为表予心？"颂超自信全身没有一个文学细胞，可是，很奇怪，他一直记住了这几句诗。而且，还记得那篇文章竟被老师大为激赏，破了他生平的纪录，给了他一个甲，还要他站起来朗诵给全班听。害他结结巴巴地念得乱七又八糟，只因为心中有愧。这件事有多少年了？九年了？

那时,自己念初三,韩佩吟和二姐颂薇念高一。现在,颂超面对着佩吟,又尴尬,又惊奇。他已经很多年没有见过佩吟了,自从他去台南读成大,又去受军训。姐姐们的同学原就太多,佩吟不是唯一的。他几乎已经忘记世界上有这么一个人了。但是,如今重新面对佩吟,他仍然清晰地记起往日那个梳着学生头,穿着中学制服,和自己亲切谈话的韩佩吟。只是,时间改变了很多东西,它使两个姐姐从少女变成少妇,从虞家的人变成别家的人,使妹妹颂蕊从小女生变成大学生,从黄毛丫头变成吸引人的少女。而韩佩吟呢?一时间,他有些恍惚,时间对虞家的人来说,像一把蘸着颜料的彩笔,不同的时间涂上不同的颜色,不管时光怎样流逝,他们依然过得多彩多姿。对韩佩吟来说,却像一把雕刻刀,他可以看出那刀子怎样深刻地在佩吟身上刻过,使她的眼睛深沉,使她的鼻梁挺直,使她的下巴瘦削,使她的嘴角坚毅……是的,那把刀子一定刻得很残忍,可是,却使韩佩吟从一个单纯的女学生,变成了个耐人寻味的艺术品!

"老三!"颂薇喊着,"你怎么了?发什么呆?怎么永远愣头愣脑的像个傻小子!"

"我知道!"佩吟接了口,那略带忧郁的嘴角浮起了一个谅解的微笑,"他已经忘记我是谁了!颂薇,你别为难他了,哪个男孩子会记住姐姐的同学呢!"

"噢!你错了!"颂超冲口而出,走过去,他在她们旁边的一张单人沙发上坐了下来,他的眼光目不转睛地停驻在佩吟的脸上,"我记得你,韩佩吟,你教过我作文。无人信高洁，谁为表予心？你看！我连你教我的诗都还记得！"

佩吟怔了怔。教他作文？好像有那么回事，好遥远好遥远以前的事了！她看着面前这个大男孩子，嘴唇上面有没剃干净的胡子楂儿，额上有两颗青春痘。短短的、参差不齐的头发，大而明亮的眼睛，笑起来一股憨憨的劲儿。严格说起来，他不是什么英俊潇洒的小伙子，他的鼻子太大，嘴巴也大，身材够高了，可是肩膀太宽了点，总使他带着种"傻劲"，就像颂蘅说的，有股"傻小子"的味道。可是，他浑身上下，都充满了生气，充满了活力，充满了快乐，充满了青春的气息，这就使他那不怎么漂亮的脸也变得充满吸引力了。

"韩佩吟，"那傻小子连名带姓地喊着，率直中带着鲁莽，"你瞧，我两个姐姐都结婚了，你是不是也结婚了？你的另一半呢？没有一起来吗？"

"老三！"颂蘅喊着，"你怎么连名带姓地乱叫，一点礼貌都没有！你应该叫声韩姐姐才对！"

"哎哟，少肉麻了！"颂超笑着喊，"咱们家的称呼一向乱七八糟，从小就没姐姐、弟弟那一套，我叫你叫老二呢……"

"所以没礼貌！"颂萍接口，"那天他居然冲着鹏远叫黎大个儿！"黎鹏远是颂萍的丈夫，确实是个大个儿。

"怎么？叫黎大个儿还是尊称呢！"颂超嚷着，忽然大发现似的四面找寻，"哎，真的，老大，你的那位黎大个儿怎么没来？你当心，上次我听到一些传言，有关你那位黎公子的，说他在外面有那么点花花草草的事儿……"

"嗯哼！"一声重重的哼声从颂超身后响了起来，颂超吓了一跳，回头一看，他的大姐夫黎鹏远正站在他身后，带着个似笑非笑的笑容，对他瞪着眼睛："好吧，老三，你顺口造我谣吧！你姐姐可会认真的。你说过了没关系，我晚上要跪算盘珠子！"

"你从哪儿冒出来的？吓了我一跳！"颂超叽咕着，"造谣？"他低低自语，"我可没造谣，有人亲眼看见你和那个外号叫小……"黎鹏远伸手狠狠地在颂超胳膊上拧了一下，笑着对颂蘅颂萍姐妹俩说："还有什么没办的事要我办的，你们趁早交代，喜事、喜酒、礼堂，都没问题，喜帖也都寄出了……"

"咦，可奇怪了，"颂萍说，瞅着黎大个儿直点头，"你怎么变得这么热心起来了？想要转移话题吗？你以为我不知道你在外面干的那些好事吗？用不着老三说，我也听说了……"

"别听颂超乱盖！"颂蘅的未婚夫——何子坚，也不知从哪儿钻出来了，急于要帮黎鹏远解围，"他说的是绰号叫小狐狸的那个电影明星胡美柔，那天我也在，为了帮小李的忙，小李要找胡美柔拍戏，我和小李一块儿去谈，在喜来登酒店的咖啡厅碰到了鹏远，大家就一起坐了坐……"

"哦，"这下子，轮到颂蘅接口了，她的眼珠转了转，盯着何子坚，"你别为了帮黎鹏远掩饰，就露了自己的马脚，我还不知道，你居然认识大明星胡美柔。你倒跟我说说清楚，这是何年何月何日何时的事儿？"

"哈哈！"颂蕊在一边拊掌大乐，"两位姐夫，你们可有罪好受了！"

"子坚，"鹏远故意苦着脸，拍了拍何子坚的肩膀，"他们虞家姐妹，是出了名的难缠，我已经'一失足成千古恨'，当初年幼无知，误入歧途，才走上了结婚礼坛。你呀，还有一个星期才结婚，我看，趁早悬崖勒马，回头是岸。否则，受罪的日子可长着呢！"

"不行不行，"何子坚慌忙摇头，"我是下定决心，义无反顾！"

"什么叫义无反顾？"颂蕊问，"不要乱用成语！"

"我才没乱用成语，"何子坚转向颂蕊，"你知道我为什么要和你二姐结婚？"

"为什么？"颂蕊天真地抬起眉毛。

"是因为——"何子坚拉长了声音，慢吞吞地说，"我不入地狱，谁入地狱？"

"啊哈！"颂超头一个大笑起来，"真悲壮啊，何子坚！"他唱了起来："风萧萧兮易水寒，壮士一结婚兮不复还！"

"该死！"颂蓊又笑又骂。

黎鹏远笑弯了腰，一面笑着，一面不知不觉地移到颂萍身边，悄悄地挽住了她。颂萍也笑，笑得扑在黎鹏远的怀里，显然，她已把那些花花草草的事忘了。

第二章

一时间,满屋子里的人都在笑,连那躲在门背后偷听的女佣春梅也在笑,端着点心出来待客的虞太太也在笑,刚从楼上走下来的虞无咎——颂萍姐弟的父亲——也在笑。欢愉的气息充塞在屋子的每一个角落。佩吟悄悄地望着虞家姐妹,奇怪她们家中怎么容得下这么多欢乐。连她们选择的丈夫,都具有高度的幽默感。她不由自主地想起了自己的家,卧病在床的母亲、白发苍苍的老父、少年夭折的弟弟……唉!天下有那么多不同的家庭,为什么她家就该独独承受人生的至悲和愁惨?她想得出了神了,想得忘记自己身在何处了……直到颂萍的母亲虞太太叫了她一声:"佩吟!"

"噢!"她回过神来,睁大眼睛看着虞太太。

"什么时候喝你的喜酒呀?"虞太太笑嘻嘻地问。

"哦,这……"她的脸红了,想起林维之。林维之,维之,维之,维之……也曾海誓山盟,也曾互许终身,也曾共享欢乐，也曾计划未来……可是，维之，维之，你人在天涯，心在何方？她的脸色由羞红而变成苍白了。

"知道吗？"颂薇摇撼着母亲，仍然像小女孩似的搓揉着母亲，"佩吟是我们这一群里第一个交男朋友的。她念大一的时候就和工学院那个林维之恋爱了，大三就和他订婚了……那时候，何子坚还没认识我呢！"

"哦！"虞太太的笑意加深了，"原来你早就订了婚啊？那么，怎么还不办喜事呀？"

"人家林维之在美国呀！"颂薇说。

"美国？"接口的是颂超，他正一瞬也不瞬地看着佩吟，看着她那由红变白的面颊，看着她那逐渐失去血色的嘴唇。"他在美国做什么？"他粗鲁地问。

"念书！念博士！"颂薇瞪着颂超，"人家可不像你这样没出息，林维之发誓要拿到博士学位才结婚！"她转头对着佩吟，收起了笑，认真地问："真的，佩吟，他的书到底念得怎么样了？有没有回来的打算？依我说啊，有个硕士学位也可以对家里交代啦，你还是写封信催他回来，把大事办一办，我急着要喝你的喜酒呢……"

"是啊！"虞太太接口，"你们这一代的女孩子，谈到结婚都像谈到坐牢似的，躲得个快！我像你们这个年龄呀，已经是三个孩子的妈妈了……"

佩吟忽然觉得头晕目眩，觉得这屋里那么多人，那么多说话的声音，那么嘈杂，那么乱哄哄而又笑语喧哗。她头昏、心脏绞扭、双手发冷……她再也坐不住了。忽然间，她就站起身来了，很快地、匆匆地、像要逃避什么似的说了句："对不起，虞伯伯、虞伯母，我要回去了。"

"干吗？"颂蘅一怔，"多坐坐，咱们还有好多话要聊呢！"

"不了。"她勉强地笑笑，"改天吧，等你度完蜜月再说。我还要回去改卷子，明天一早还有课。"

"等一下再走，"颂萍热心地挽留着，看看手表，"坐到十点钟，我们也要回家，可以用车子顺路送你回去！怎么样？"

"不，不，"她慌乱地摇着头，虚弱地微笑着，"我真的回去还有事！"

"这样吧！"颂超突然跳起来说，"我送你一段路，我正想出去散散步。"

佩吟看了颂超一眼，那傻小子一脸的天真，眉间眼底，仍然稚气未除。她忽然想起弟弟佩华，假若佩华不死，今年大概也这么大了。她深吸了口气，摇摇头，不能再想佩华了。否则，她总有一天，会变得像母亲一样，整个精神崩溃，想到这儿，她就不自觉地浑身掠过一阵寒战。

终于，走出了虞家的大门。街道上，那凉爽的、暮春时节的风，带着轻寒对她扑面而来，她再深吸了口气，好像有什么无形的重担，正压在她胸口上，使她无法呼吸，无法透气。虞颂超走在她身边。一反在家中的"淘气"，他走在那儿，出奇地安静，只是不时悄悄地、默默地看她一眼。他似乎在想着什么问题，什么心事，由于他那么安静，走了好长的一段路，佩吟都几乎忘记了他的存在。然后，忽然间，他的话就鲁莽地冒了出来，一下子打破了寂静的夜色："他——

根本不想回来了吧?"

"什么?"她一惊,蹙起了眉头,一时之间,完全不知道他的意思,"你说什么?谁?"

"那个林维之,"他盯着她,"他并不想回来吧?他拿不到博士学位,也不准备回来了,是不是?"

她站住了。慢慢地,她转过身子,抬起头来,正视着他。正视着这个大男孩子,正视着这个若干年来,在她生命里根本不存在的男孩子。她凝视他,从那睫毛深处凝视他。街灯正照在他脸上,月光也照在他脸上,他的脸是一片坦坦然的真挚,那对大而亮的眼睛,像两面小小的镜子。她几乎可以在他瞳仁中看到自己的反影。当你面对一份真实的时候,你就无法再欺骗自己了。"你怎么知道?"她问。

"我有三个姐妹,"他认真地、坦率地说,"我是在女孩子堆中长大的,我看惯了姐姐们的欢乐和幸福。每次,当她们谈到婚姻和男朋友的时候,她们的眼睛就发光了……而你,你没有。你很烦,你很忧愁。所以,我想……那个林维之,他是不会回来了。"

她的睫毛闪了闪,睁大眼睛,她不很相信似的再去看他。不可能的!她没有被虞家三姐妹看透,却被这稚气未除的男孩子看透了!她深刻地去打量面前这张脸,她只看到一份最最坦白的直率和一份最最真挚的关怀。这使她又闪电般地想起佩华,假若面前的男孩是佩华,她也一定瞒不过他的。想到这儿,她觉得眼眶湿润了。她垂下眼睑。

"你对了。"她喑哑地说,"他不会回来了,即使他回来,也不是我的了。"

"怎么说?"他追问着。

她再度抬起睫毛,看着他,一本正经地说:"他去年已经结了婚,娶了另外一个女孩。"

他睁大眼睛,微张着嘴,灯光下,他那短短的头发、那宽宽的额和那微张着的嘴,显得驴驴的、傻傻的、憨憨的……却也是天真的、可爱的、纯挚的。他好半天,才深抽了口气,讷讷地、笨拙地说:"对不起,我不该去提他。我不知道,已经糟糕到这个地步。真的,我不该去提他……"

"不要抱歉,"她很快地打断他,"这又不是你的错,事实上,我早就该面对这件事了。我应该……告诉所有的朋友,但是……"她深思地望着道路的尽头,语气变得幽幽的,做梦似的,"我总在欺骗自己,试图说服自己……他会离开那个女人,重新回到我的身边……"

"老天!"他冲口而出,"你还在爱他!"

她一震,目光从道路尽头收回来了。怎么了?自己会对这样一个孩子说出内心深处的话,她惶惑而迷惘,抬起头来,她再面对他,蓦然间觉得十分沮丧、十分烦恼、十分懊悔。她仓促地说:"好了!颂超,你回去吧!不要再送我了!我家就在前面,几步路就到了!"

"既然只有几步路,我就送到底吧!"他说。

"你听话!"她命令似的,像个大姐姐,像在对佩华说话,"回去吧!我要一个人走走!"

他呆站了几秒钟,然后,他生硬地抛下几句话来:"忘掉他！如果他背弃了誓言，如果他居然不珍惜你这份感情，他就根本不值得你去爱！"

说完，他车转身子，大踏步地踩着月色，走了。

佩吟怔在月光下面，好一会儿，才回过神来，抬起头，她下意识地看看天空，居然有一轮满月，挂在遥而远的天边，是阴历十五六吧？她想着。月亮又圆了。月亮圆了，人呢？她低下头来，忽然眼里充盈了泪水。

这是星期天。初夏的阳光，暖洋洋地、醉醺醺地、软绵绵地照在静悄悄的花园里。那些高大的榆树，那些修长的绿竹，那几株池边的垂柳，全在地上和水面投下了无数阴影。阳光的光点，仍然在阴影的隙缝中闪烁，闪熠在荷花池的水面，闪熠在草地上，也闪熠在那铺着白石子的小径上。

纤纤坐在荷花池畔。她穿了件白色有荷叶卷边的衬衫，系着一条水红色麻纱的长裙，裸露的颈项上，用和裙子同色的水红缎带，细心地打了个小蝴蝶结。她坐在那儿——一块凸出的大石头上——用双手抱着膝，赤着脚。她的红缎拖鞋随意地抛在草地上，像在草地上开出了两朵艳丽的火鹤花。

她身边有一本高中语文课本，有一本四书，还有本大专联考语文科的模拟试题。她本来是在念书的，韩佩吟昨晚有事请假，把上课时间改到了今天，她在电话里通知过纤纤，今天要考她背书；背《礼记》里的《檀弓》篇，语文课本里选出过四篇。还要考她解释和国学常识。她一早就把书本带到荷花池边来念了，她确实念了好多好多遍，她并不想分心的，她已经告诉了奶奶和吴妈，除韩佩吟外，不许任何人来打扰她。

可是，后来太阳出来了，阳光照在荷叶上，滚圆的露珠迎着阳光闪亮，几朵半开的荷花，像奇迹似的在阳光下苏醒过来，缓缓地、慢慢地绽开了花瓣。这分散了她的注意力，使她那样惊喜地、那样兴奋地去注意那生命的绽放，然后，"黑小子"来了。它绝对没有接到"不许打扰"的命令，因为，它直接扑奔她而来，那粗壮的身子，像一条小牛，它的皮毛光滑，乌溜溜的，被阳光晒得热热的，它跑向她，对她拼命摇尾巴，使她不自禁地就丢下了书本，用双手去捧住它的头。她喜欢黑小子那对锐利闪亮的眼睛，那"野性"的眼睛，却对她闪出"人性"的依恋和顺从，这使她惊叹。于是，她开始和黑小子谈话，黑小子扑下了身子，躺在石头下的草地上，把它那巨大的头颅，放在纤纤那柔软的裙褶里。

当佩吟经过吴妈的指示，走到荷花池畔来的时候，她看到的就是这样一幅图画：纤纤的发丝衣褶，在微风中飘荡，她那小小的脸庞，在阳光下露着甜美而满足的微笑。荷花盛开，柳条摇曳，草地青翠，人儿如玉。佩吟不自禁地叹口气，她一眼就看了出来，纤纤正在享受她那纯纯美美柔柔梦梦的人生，而她，却带来了"现实"！即将打破她那小小世界中的小小欢乐。她走过去，黑小子惊动了，站起身来，它迎向佩吟，经过两个多月的时间，这只狼狗也和佩吟做了朋友，它以喉咙中的低鸣来做欢迎的表示。佩吟拍拍它的头，温柔地说了句："去吧！黑小子！别来打扰我和你的小主人！"

黑小子仿佛听得懂话，转过身子，它走了。但是，它并没有走远，到了柳树下，它就扑下来了，把脑袋搁在前爪上，它对这边遥遥注视着。纤纤站起身来，长裙飘飘，她亭亭玉立，浅笑盈盈地看着佩吟。天哪！她真美！佩吟想着，奇怪自己并没有女性那种本能的嫉妒。她真该嫉妒她的，青春、美丽、富有……她几乎全有了。

"噢！纤纤，你选了一个很可爱的'教室'，"她笑着说，四面张望着，这是她第一次白天走进赵家，白天看到这花园，现在，她才知道这花园有多大。荷花池在正屋的后面，池子四周，没有椅子，却有许多奇形巨石，巨石的旁边，各色不知名的小花，在石头边盛开着。现在，纤纤所坐的石头边，也有一簇粉红色的小草花。

"韩老师。"纤纤恭敬而谦和地喊了一声，微笑仍然漾在她唇边。阳光下的她，似乎比灯光下的她更迷人，那细腻的皮肤，嫩得真是"吹弹可破"。"我一清早就来这儿念书了。"她要解释什么似的说。

"我知道，"佩吟接口，"奶奶告诉我了。她说你天一亮就来了，已经念了好几小时了。"

纤纤的脸孔蓦然绯红了，她扭捏地、腼腆地一笑，悄悄地说："我是一清早就来了，但是，我……并没有念多久，有……有好多事让我分心，我想，我想，我还没有念得很熟。"她吞吞吐吐的，那羞红的脸庞像一朵小花。

又来了。又是各种理由，反正她没有背出书来！

"什么事分了你的心？"佩吟问。

"荷花开了，太阳出来了，柳树在风里摇动，黑小子对我笑……"

"狗会笑吗？"

"是的，它会笑。"纤纤一本正经地。

"好！还有呢？"

"唉唉！"纤纤轻叹着，"有那么多好玩好看的事情，露珠在荷叶上滚来滚去，小麻雀叽叽喳喳地唱歌，一只蟋蟀总是从草堆里偷看我，黑小子又要跟我谈话……"

"好了！"佩吟吸了口气，抱着书本，在草地上席地而坐，尽量让自己显得严肃一些。因为，她已经被纤纤那些不成理由的理由打动了。她实在不该被这些理由打动的，但是，听她那样轻轻柔柔地娓娓道来，就使人不能不去原谅她。不过，她不能再心软了，她必须把纤纤逼紧一点，已经五月初了，离联考只有两个月的时间，她也教了纤纤两个月了，她却看不出丝毫成绩来。"现在，让我们回到《檀弓》篇上去，好不好？"

纤纤叹口气，很委屈地、很顺从地在佩吟对面坐下了。从草地上拿起了自己的书。"不要打开书本，"佩吟说，"背给我听吧！从'晋献公将杀其世子申生'背起。"

纤纤抬眼看着天空，她那细小的白牙齿轻轻地咬住下嘴唇，她沉思着，足足想了五分钟，她才开始结结巴巴地背诵起来："晋献公将杀其世子申生。公子重耳谓之曰……谓之曰……谓之曰：'子盍言子之志于公乎？'世子曰……世子曰……世子曰：'不可。君谓我……君谓我欲弑君也，欲弑君也……"她的眼光从天空上回到佩吟脸上,她眼底盛满了困惑,她背不出来了。叹口气,她说:"唉!韩老师,古时候的人真的这样说话吗?"

佩吟被问住了,她也弄不清楚古时候的人怎么说话,只得含糊说:"大概是吧!"

"我们是现代的人,我们一定要费很多时间,去学习古时候的人说话的方法吗?"纤纤问。

"念这篇东西,并不是要你学古时候的人说话,而是要你了解它的思想。"佩吟说,凝视着纤纤,忽然发现个主要的问题,她问,"你到底知不知道这篇东西在讲什么?"

纤纤天真地摇摇头,说:"它一忽儿这个曰,一忽儿那个曰,已经把我曰得头昏脑涨了。"

"我不是跟你解释过吗?"佩吟忍耐地说。想了想,她换了种方式。"是我不好,我照着课文讲,你根本就接受不了。这样吧,让我们先弄清楚这个故事,你念起来就容易多了。"她坐正身子,用双手抱住膝,开始简单而明了地解释:"晋献公有个儿子叫申生,还有个儿子叫重耳,另外有个儿子叫奚齐,这三个儿子都是同父异母的兄弟。奚齐想要得到王位,但是王位是属于申生的,所以他就陷害申生,告诉父亲说,申生要杀掉晋献公。晋献公中计了,大为生气,就要杀申生,重耳急了,就问申生:'你为什么不对爸爸说清楚呢?'申生说:'不行,奚齐的妈妈是骊姬,爸爸宠爱骊姬,如果我把真相说了,爸爸会伤心的!'重耳又说:'那你就逃走吧!'申生说:'也不行,爸爸说我要杀他,天下哪里有人会收留杀父亲的人，我能到什么地方去呢？'……"

佩吟的故事还没说完，她就看到纤纤连打了两个冷战，她的眼睛睁得大大的，使佩吟说不下去了。她望着纤纤，问："怎么啦？"

"多么可怕的故事！"纤纤战栗着说，"弟弟要陷害哥哥，说儿子要杀爸爸，爸爸又要杀儿子……唉唉，"她连声叹着气，"我必须念这些杀来杀去的东西吗？我们不是一直酷爱和平吗？为什么古时候的人那么残忍？那个奚齐也真稀奇，他为什么要害哥哥呢？那个父亲也太稀奇，不但相信儿子要杀他，居然还要杀儿子，那个申生更稀奇，又不肯解释，又不肯逃走，他到底要怎么样？"

"他……"佩吟无力地、低声地应着，"自杀了。"

纤纤又打了个冷战，眼睛睁得更大了。

"韩老师，"她困惑地说，"大专联考要考我们这些东西吗？"

"可能要考的。"她勉强地说。

纤纤低下头去，脸上浮起一片悲哀而无助的神色，刚刚在看荷花时的那种甜蜜和欢欣都消失了。她用手抚弄着那本语文课本，轻轻地摇了摇头。

"我还是不懂，这个故事要告诉我们什么？"

"告诉我们申生有多么孝顺。"

纤纤更悲哀地摇头。"你瞧，韩老师，"她无助地说，"不是我不用功，我就是不喜欢这些故事，我也不懂这种故事。假如爸爸误会我要杀他……哎，"她扬起睫毛，满脸热切，

"爸爸是绝不可能有这种误会的,哪个父亲会笨到不了解儿女的爱呢?……好吧,就算爸爸笨到认为我会杀他,我就去自杀吗?我自杀了就是孝顺吗?如果我自杀后,爸爸发现了他的错误,他岂不是更痛苦了?"她直视着佩吟,低叹着:"这不是好故事,那个晋献公是个昏君,奚齐是个坏蛋,申生是个呆子,重耳知道申生是冤枉的,居然让申生自杀,他也是个糊涂虫!"

佩吟扬起了眉毛,深深地看着纤纤,有种又惊奇又激动又愕然的情绪掠过了她。忽然间,她觉得自己有些了解纤纤了。那些书本对她是太难懂了,因为她那样单纯和善良,单纯得不知道人间也有兄弟拆墙、父子相残、争名夺利的事,而且善良得去排斥这些事。她有她的道理、她的世界、她的哲学……这些属于她的世界中完全没有"丑恶"。那么,自己又在做什么?教她念书?教她去了解很多与她的时代和世界都遥远得有十万八千里的故事。这些故事对她毫无意义,除了一件:或者能帮她得到一张大学文凭!但是,她要大学文凭做什么用呢?进了大学,她又学什么东西呢?更多钩心斗角的故事?更多的丑恶?更多的杀来杀去?

一时间,她呆望着纤纤,陷进了某种沉思中。她的沉默和凝视使纤纤不安了,很快地,纤纤拾起了课本,用既抱歉又柔顺的声音说:"对不起,韩老师,我知道我不该说这些的!我背不出书来就胡扯!这样吧,你让我再念几遍,说不定我就可以背出来了!"

"不不!"佩吟伸手压住了她的手,她好奇而关怀地望着她说,"我在想你的话,你有道理,这篇东西确实不好,它和时代已经脱了节,它提倡了愚忠与愚孝。我在想,你背这些书,可能——是没有意义的。"她顿了顿,忽然问:"纤纤,你还有个教数理的老师?"

"是的。"

"你的数理程度进展得如何?"

纤纤不答,面有愧色,她低下头去了。

"不很理想?"她问。

"唉!"纤纤尽叹气,"那些X和Y老跟我作对,那些方程式也是的,它们就不肯让我记住。我一看那些分子式原子式,头都要炸开了。魏老师——就是教我数理的那位老师,她说我像个洋娃娃。"

"洋娃娃?"佩吟不懂。

"她说,洋娃娃就是样子好看,脑袋瓜里全是些稻草。"纤纤伸出手去,下意识地触摸着身边那簇粉红色的小花,"我想,她对我很生气。韩老师,"她悄悄看她,"你是不是对我也很生气?"

"不。"佩吟动容地说,非常坦白、非常认真、非常诚挚,"我一点也没有生你气,而且,我很喜欢你。"

她飞快地抬起头来,眼睛闪亮。

"你不觉得我好笨好笨吗?"她问。

"你一点也不笨,"佩吟诚恳地说,"你有思想,有见解,有分析的能力,你怎么会笨?"她深思地沉吟着:"或者你是太聪明了,我们的教育不适合你。或者,你根本不需要教育。"她也下意识地去抚摸那朵小红花。忽然间,她觉得纤纤就像一朵娇嫩的小花,它是为自己而开的,并不是为了欣赏它的人类而开。有人欣赏它,它也开花,没人欣赏它,它还是要开花。"纤纤,"她柔声叫,"你很想念大学吗?"

纤纤不语。

"告诉我!"

纤纤很轻微地摇摇头。

"那么,为什么左考一次,右考一次?"

"为了爸爸呀!"她低叹着说,"他受不了我落榜,他是那么那么聪明……真不知道怎么会有我这样的笨女儿!"她抬起头来,忽然惊呼了一声:"噢,他来了!"

佩吟一惊:"谁来了?"

"爸爸呀!"她望着佩吟的身后。

佩吟不自禁地回过身子,于是,她一眼看到赵自耕,正穿过竹林和草地,向她们大踏步而来。他仍然穿得很讲究,即使在家中,即使在星期日,他也是西装笔挺。那白衬衫的领子雪白,两条腿修长,裤管的褶痕清晰。佩吟不由自主地从草地上站起来了,这是大白天里,她第一次见到赵自耕,阳光直射在他脸上,他不像晚上灯光下那样年轻了:他眼角有些细细的皱纹,唇边也有。但是,奇怪,这些皱纹并没有使他看起来苍老,反而多了一种成熟的、儒雅的、哲学家式的韵味。

"噢,"他愉快地微笑着,注视着她们,用手习惯性地推了推眼镜,"你们选了很好的一个地方来念书。可是,太阳已经越来越大了，你们不热吗？"

"不热，"纤纤也站了起来，她长裙曳地，倩影娉婷。对父亲温柔地微笑着。

"我打断你们的功课了吗？"赵自耕望着地上散落的书籍。很快地对那些书扫了一眼：高中语文课本、四书、模拟试题、国学常识……

佩吟没有忽略他的眼光，她沉吟了一下，忽然说："纤纤，我们今天也念够了，你把那些书收拾好，进屋去休息休息吧，我想和你爸爸谈谈。"

赵自耕有些惊奇，他愕然地望着佩吟，说："你是未卜先知吗？"

"怎么？"

"你知道我正有这个意思——想和你谈谈。"

佩吟笑了。"算我未卜先知吧！"她含糊地说，望着纤纤。

纤纤弯腰拾起了地上的书，黑小子也跑过来帮忙，衔着书本递给她，纤纤笑了。抱着书本，她把属于佩吟的交给了佩吟，又对她很快地看了一眼，又对父亲很快地看了一眼，显然，她明白他们的谈话题目一定与自己有关，因而，她微微有些不安。可是，她一句话也没说，就顺从地带着黑小子走开了。

目送纤纤的影子消失在竹林里的小径上，佩吟说："你有个很好的女儿。"

"是吗？"赵自耕问，颇有深意地，"我们边走边谈，怎么样？我已经通知了吴妈，多烧两个菜，留你吃午饭，你知道，已经快十二点了。"

佩吟无可无不可地往前走去，他们顺着那花园里的小径，向前无目的地走着，四周花木扶疏，扑鼻而来的，有玫瑰花和茉莉花混合的香味，还杂着一缕抱穗兰的清香。这花园里起码有五十种不同的植物，佩吟想着，下意识地浏览着身边的花木。

"你要和我谈什么？"赵自耕忽然问。

"谈你要和我谈的事。"佩吟很快地说。

赵自耕凝视她，眼底浮起一丝笑意。

"你知不知道，你反应很快？"他说，"你不该当教员，如果你学法律，一定是个很好的律师。"

佩吟微笑了一下。"我想，你并不要谈我的反应问题，"她说，收住了笑，她立即把话题拉入了正轨，"你是不是想问我，纤纤的进度如何？再有两个月就联考了，你是不是想知道，我对她考大学有几分把握？"

赵自耕微微一怔。"好吧！"他勉强地笑了笑，"你已经代我问了问题了，你就再答复问题吧。"

佩吟抬起头来，她的目光停在赵自耕脸上，她很深刻地看他，看得仔细而凝注，然后，她慢吞吞地说："你为什么要勉强她考大学？你明知道她考不上的，为什么要勉强她去接受一次又一次的失败？"

"什么？"他一惊，站住了，盯着她，"这就是你的答案吗？"他问，有些恼怒："你是说，她的程度差极了，根本考不上大学，你给她的补习也白补了？"

"她的程度并不差,但是,我的补习确实白补了。"她说,也站住了,他们停在竹林边上,"赵先生,你了解你的女儿吗?"

"我当然了解!"赵自耕很快地说,"如果你的意思是说她很笨,我必须告诉你,她的智商相当高……"

"不不不!你完全误会!"佩吟打断了他,"她是很聪明的,不只聪明,而且充满了灵性,她善良、纯洁、温柔而可爱。我在中学教书,我也有许多女学生,说真话,我从没见过像纤纤这么可爱的女孩子,她简直……简直让我迷惑,坦白说,我第一次见她就被她迷住了。"

"谢谢你的赞美,"赵自耕审视她,那多疑的本性显然又在作祟了,他眼中有着研判和不信任,"我希望你说的是真心话。"

"我是真心话。"

"那么,为什么你认为她考不上大学?"

"因为她根本不想念大学!"

"不可能,我和她谈过……"

"是谈,还是命令?"佩吟尖锐地问,"你知道吗?赵先生,你的谈话中常常不自觉地带着命令意味,你以为你是和她'谈',事实上你是在命令她。她的本性太柔顺了,她对你又太崇拜了,因此,她连一点反抗你的念头都不敢有。虽然她不爱读书,她仍然为你去读,虽然她不想考大学,她仍然为你去考。她有很完整的自我,却要为你去放弃自我……"

"你在指责我吗?"赵自耕冷冷地问。

"不敢。"

"不敢？你已经敢了，却说不敢？你几乎在给我定罪，好像我在对那孩子精神虐待……"

"许多时候，爱，就是一种精神虐待！"

"哦？"赵自耕挑起了眉毛，镜片后的眼光闪烁着，有些阴险，有些愠怒。但是，他那训练有素的涵养和修养使他控制了自己，他微侧着头，似乎在运用着思想。"好吧，就算我在命令她考大学，这个命令总不是出于恶意吧？有恶意吗？你说！"

"没有，当然没有。"

"这和她的程度也是两个不同的问题，是吗？""是的。"

"你说她很聪明？""是。"

"你说她为我而读书？""是。"

"既然她又聪明，又读了书，为什么你说你的补习白补了？这么说来，问题不在她身上，而在你身上！"

佩吟抬起头，定定地看着赵自耕，看了好久好久。她闪动着睫毛，忽然笑了起来。

"你笑什么？"赵自耕困惑地问。

"笑我自己，笑我不自量力，要去和全台湾最有名的律师抬杠！"她笑着说，继续往前走去，顺手扯了一片竹叶，她撕扯着那竹叶，"我说不过你。我无法让你了解，纤纤对课文不能吸收，因为她的聪明才智跟课本绝缘，她即使很努力地读，她也记不住那些东西。"

"那么，她的聪明才智和什么有缘呢？"

"我不知道。"佩吟困惑地蹙起眉梢,"我还没找出来,或者音乐,或者艺术,或者某种技能,像舞蹈、雕塑、唱歌……你必须明白,米开朗基罗也没念过大学!"

"我可以肯定,纤纤绝不是米开朗基罗!"赵自耕的语气坚定而有力。

佩吟再看了他一眼。"为什么一定要她念大学?"她问。

"增加她的知识呀,我不希望她永远这样天真,这样娇嫩,这样什么都不懂的样子,她要长大,她要学习!"

"你希望她成为什么样子?"

"像你!"他冲口而出。

她一怔,站住了,皱着眉头,她惊愕地望着他。

"像我?"她哑声说,"像我有什么好?"

"你独立,你坚强,你懂很多东西,你能言善道,你反应敏捷,你能举一而反三……"

"你错了。"她幽幽地接口,"这些东西都不是大学里学来的,是生活中学来的,甚至于,是苦难中学来的,是打击和折磨中学来的……"她的眼光从他脸上移开,穿过竹林,深黝黝地落在一个不知何处的虚无里。"你不要让纤纤像我,永远不要!她的世界又美又好又真又纯,你该让她这样过下去。或者,她是生活在一个童话世界里,那并没有什么不好,童话世界总比成人的世界美丽……"她眼中轻轻地蒙上了一层薄雾,她的声音诚恳而真挚,喑哑而深沉,"不要!赵先生,永远不要让纤纤像我,你该珍惜她的纯真和欢乐。"

赵自耕注视着面前这张脸,第一次,他在她脸上看到了

43

太多太多的东西：苦难、哀愁、落寞……和热情，那么善良的热情，那么丰富的热情，那么痛苦的热情……她心底到底有多少苦楚？他不知道。她那样爱护纤纤，他却明白。他不愿再辩论这问题，伸出手去，他自己也不懂，为什么心中竟悸动着一抹酸楚、一抹怜惜、一抹难解的温存，他用胳膊轻轻地环住了她的肩，轻轻地把她带往屋子的方向。他柔声地、低沉地说："我们不谈这问题了，进屋里去吧！你该——好好地吃一顿，你很瘦，我希望——你能常常来我家吃饭，我要——吴妈把你喂胖一点！"她没有拒绝。眉梢轻锁，眼光迷蒙，她被动地、神思恍惚地、被催眠似的跟着他走向那小小白宫。

"佩华！佩华！佩华！……"

又是清晨时分，一阵凄厉的呼唤声把佩吟从梦中惊醒，她慌忙披衣下床，迅速地打开那由日式拉门改建过的房门，直冲到母亲房里去。韩太太正坐在床上，直瞪着眼睛，双手痉挛地抓着床上的棉被，死命地呼唤着："佩华，你来呀，我有好多好多话要对你说呀！佩华！佩华，儿子，你过来，你过来呀……"

佩吟毫不犹疑地冲到床边，双手抓住了母亲的手，紧握着她，摇撼着她，一迭连声地喊："妈！妈！妈！醒一醒，妈妈！我在这儿！你怎样了？你有什么话？告诉我吧！妈……"

韩太太深深地战栗了一下，似乎忽然从一个梦中惊醒一般，她的眼光落在佩吟身上了，一时间，她好像认不出佩吟是谁,只是眼光发直地、定定地看着佩吟。佩吟用手臂轻轻地环抱住母亲的肩,试着要她躺回床上去。

"妈,睡吧!舒舒服服地睡一觉吧!"

韩太太用手推开了佩吟的手臂。

"你是佩吟。"她脑筋清楚地说。

"是呀!"佩吟应着,心底却有些发冷,经验告诉她,母亲越"冷静"的时候就越可怕,往往是一场暴风雨的前奏。

"你在我屋里做什么?"韩太太问,在这一瞬间,她显得非常平和,非常"正常"。

"你在做噩梦,"佩吟低声解释,"我听到你在说梦话,我就进来了。"

"我说了什么梦话?"韩太太追问。

"你……"佩吟不愿讲出佩华的名字,就飞快地摇摇头,勉强地笑了笑,"我也没听清楚。"

"那么,你进来的时候看到佩华了吗?"

完了!又开始了!佩吟怔了怔。

"没,没有。"她嗫嚅着,"没,没看到。"

"你为什么吞吞吐吐?"韩太太锐利地问,"你做贼心虚是不是?你把佩华赶走了,是不是?你从小就看佩华不顺眼,你嫉妒他,因为他是男孩子,因为他功课比你好,因为他总拿奖状,年年考第一,因为我比较疼他,所以你嫉妒他,是不是?是不是?"

"妈,妈,"佩吟痛苦地、虚弱地应着,明知母亲是病中的胡言乱语,仍然忍不住要为自己辩护,只因为母亲说得那

45

么清清楚楚，有条有理，完全不像是"精神病患者"，"你明知道我不会嫉妒他，你明知道我也喜欢他。没有人会不喜欢佩华的，他那么优秀，又那么漂亮！"她沉痛地、挣扎地说着。

"那么，你把他藏到哪里去了？"

"妈——"她拉长声音，痛苦地低唤着。

"说呀！"韩太太紧盯着她，"你把他弄到什么地方去了？说呀！"

"不要再折磨佩吟了。"门边，一个声音忽然清楚地响了起来。佩吟回头，就一眼看到父亲正走了进来，他白发萧萧的头庄严地竖在那儿，眼光却十分温柔而怜恤地停在韩太太身上。"佩华死了！我告诉过你几千遍几万遍，佩华死了！"

第三章

"死了?"韩太太浑身颤抖,眼光发直,"死了?佩华死了?是的,他死了!"她似乎突然想起来了。"你们……锯开了他,锯开了他,你们用……锯子锯开了他!"她凄厉地惨叫,"你们谋杀了他!你们用锯子……锯开了他!你们杀了他,杀了他……"她的声音恐怖地飘荡在夜色里。

韩永修直扑过来,用手蒙住韩太太的嘴,以免她惊醒左右邻居,他死命蒙住她的嘴,沉声说:"不要叫!素洁,你听清楚,佩华死于骨癌,钟大夫锯掉他一条腿,是想挽救他的命,医生没有能救活他,但是大家都已经尽了所有的人事,天命如此,你就认了吧!别再折磨佩吟了,我们虽然失去一个儿子,我们还有一个女儿呀!你怪佩吟,是毫无道理的,毫无道理的。佩吟怎能对佩华的死负责任呢?"

韩太太挣开了韩永修的掌握,狂叫着:"是她!她咒他死!她要他死!她嫉妒他!因为我疼佩华,她就嫉妒他……"

"不要叫！"韩永修又去堵她的嘴，"你不能因为你自己的偏心，反而怪罪于佩吟呀！佩吟从没有嫉妒过佩华！她爱他，和我们一样爱他……哎哟！"韩永修大叫，"你怎么咬人？松口！素洁，你真疯了？"

佩吟冲过去，不知何时，她已经满面泪水。她流泪，是因为父亲那几句话，从小，父亲就很少向她表示自己的爱，他严肃而正直，总好像和儿女有层距离。可是，他却在这节骨眼里说出了对她的爱，对她的怜惜。这，比母亲那神经质的责备和冤枉更打动她。她哭了，情不自禁地哭了。现在，透过泪雾，她看到母亲正一口咬在父亲的手指上，咬得又紧又重，好像要咬死父亲似的。

她大急，就扑往母亲，仓促中，也顾不得方式对不对，就伸手去掰开母亲的嘴，一面急声喊："妈，你松口！妈，算是我干的，你不要咬爸爸，算是我干的……都是我不好……全是我不好……都是我的错，你不要咬爸爸……"忽然间，韩太太松了口，像闪电一般，她举起手来，反手就给了佩吟一个又重又大的耳光。佩吟冷不防被母亲这重重地一击，身子站不稳，就向旁边摔了出去，她带翻了床头柜，一阵稀里哗啦的巨响，床头柜上的玻璃杯和热水瓶跌落在地上，打碎了，佩吟又正好跌在那些碎片上，只觉得手臂上有一阵尖锐的刺痛，就看到血从自己那苍白的手腕上流了出来。

同时，她听到父亲惨声大叫："素洁！你要杀了我们唯一的女儿吗？佩吟，佩吟！"父亲的声音里带着泪，带着惶急，带着说不出的恐慌、心疼和焦灼，"佩吟——"

佩吟慌忙从地上站起来，顾不得自己的伤口，她冲过去，一把抱住父亲那白发苍苍的头，她摇撼着父亲，竟像母亲摇撼着婴儿一样。她一迭连声地说："爸爸，我没事没事，只划破一个小口子，一点关系都没有，你不要急，真的，我没事！"

韩永修惊魂甫定，他推开了佩吟，要察看她的伤口，佩吟顺手拉起睡袍的下摆，缠住了手臂，不让父亲去看。她努力微笑着，转头去看母亲。

经过这样一阵惊天动地的乱闹，韩太太似乎有些清醒了。她怔怔地坐在床上，怔怔地看着满地碎片，又怔怔地看着佩吟，她露出一脸的惶惑和担忧，忽然变得好慈祥、好温柔，她怯怯地问："怎么了，佩吟？你摔伤了吗？快过来，给妈妈看！哎哟，你流血了……"

佩吟惊喜地看着母亲，明知这种"慈祥"太不稳定，也不可靠，她仍然含泪地微笑了。

"没什么，妈。你再睡睡吧！我来收拾一下。"

她弯腰去收拾地上的碎片，韩永修拦住了她。

"我来吧！你最好去上点药，包扎一下。今天早上有课吗？"

"是的。"她看看表，糟糕！经过这样一阵大闹，已经都七点多钟了，再不去赶公共汽车，早上第一节准会迟到。她慌忙站直身子，对父亲歉然地说："又不能给你弄早餐了，好在，阿巴桑就快来了，你让她弄给你吃！"最近两个月，她雇了一个上班制的阿巴桑，早上八点钟来，晚上七八点钟回去，这得归功于赵自耕那份高薪。

走到浴室她打开睡袍，这才发现手腕上的伤痕又大又深，

49

整个睡袍的下摆都被血湿透了。怕父亲担心,她不敢声张,好在家里纱布、药棉、消炎粉都是现成的。她打开化妆镜上的小橱,取出纱布、药棉,自己胡乱地包扎了一下,再把睡袍上的血迹洗掉。这样一弄,又耗费了好多时间,等她收拾干净,换好衣服出门的时候,都快八点钟了。

匆匆忙忙地,她走往公共汽车站,天气已经很热了,台湾的夏天,太阳一早就升上了屋顶,夹带着强大的热力,照射着大地。佩吟被太阳这一晒,只觉得一阵头晕眼花,眼睛前面金星乱冒。她抱着书本,不自禁地在电线杆上靠了靠,头有些晕晕乎乎的。她还没从那阵晕眩中恢复过来,就听到一阵摩托车响,接着,有个年轻人骑着摩托车对她飞快地直闯过来,她大惊,要闪避,已经来不及了。看样子今天是"祸不单行",她正想着,那摩托车已经"吱呀"一声紧急刹车,稳稳地停在她面前了。接着,一个年轻的、喜悦的声音就叫了起来:"怎么样?吓了你一跳吧?哈!把你脸都吓白了,女孩子就是胆子小!"

她用书本压在胸口上,定睛一看,原来是虞颂超!应该猜到是他的!这些日子,他常常在早上和她"不期而遇",他的建筑公司就在这附近,他骑摩托车上班,只要稍微绕点路,就经过她家门口。有时他也会按她的门铃,坚持用摩托车载送她一段。倒是她觉得坐在这个大男生背后,颇有些不自然,所以总是拒绝了。他也不在乎,推着车子,他常陪她走走聊聊。

"淘气!"她说,"你怎么总是长不大?吓了我好大一跳!"

"对不起!"他对她笑着,咧开大嘴,那笑容开朗而欢愉，阳光在他眼中闪烁，"你应该信任我的骑车技术，难道我真会撞你吗？"他看看表："你今天要迟到了。"

"真的！"她有些急，不自禁地加快了脚步。往公共汽车站走去。

"如果你还要等公共汽车，那你就迟到迟定了，来吧，让我送你去学校，包管十分钟内到达学校门口！"

她看看他，有些犹疑，他跨在车上，不耐烦地一伸手，一把握住她的手腕，把她往车子上拉。

"上来吧，你别婆婆妈妈了！"他喊着。

"哎哟！"佩吟情不自禁地叫了起来，他正好抓在她的伤口上面，他那男性的大手握得又重又有力，她疼得眼泪都快掉出来了。

"怎么了？"颂超的脸色变了，他松开她，摊开自己的手掌，他看到了血迹，迅速地，他拉过她的身子，一把撸起她沾血的衣袖，他立即看到那层层包扎而仍然透出血渍的纱布。他抽了口冷气，还来不及说话，佩吟已把满是冷汗的额头抵在他胳膊上，她轻声地、呻吟似的说："颂超，我快晕倒了。"

他跳下了车子，用一只手扶住她，一只手把车子停在路边。立即，他伸手叫了一辆计程车，挽着她的腰，他用命令的语气，急促地说："上车去！我送你去医院！"

"我还要上课……"她挣扎着说。

"上个鬼课！"他粗声咆哮着。

她身不由己地坐进了车子，靠在靠垫上，觉得头晕得厉害，四肢软得像棉花，而伤口却尖锐地疼痛着，痛得她的胃里都在翻搅起来了。即使如此,她仍然很现实地想起颂超留在路边的摩托车。"颂超!"她叫。

"怎样?"他那焦灼的眼睛在她眼前闪亮。

"你的车子,"她喃喃地说,"你忘了上锁,会……会被偷掉。"

"让它偷掉!"他烦躁地说,声音更粗了。

他在生气吗?她模糊地想。自己耽误他上班了,他可能有很重要的公事,他的设计图……那些设计图也留在摩托车上了。她叹了口气。"颂超,真对不起,耽误你上班,"她努力地振作了一下,计程车里的冷气使她舒服多了,"其实,我已经没事了,你放我下车吧,你去上班,不用去医院了。"

"你少说两句话,行不行?"他顶撞着她,气呼呼的。"怎么弄伤的?""摔的。""你爸爸妈妈都不知道……"他忽然住了嘴,想起她家庭的情况了。她靠在车子中,闭上眼睛,有些昏昏欲睡了。昨夜根本没睡好,早上又没吃东西,再加上这要命的伤口……怪不得她这么软弱,这么疲倦……她真想有个地方,能让自己好好休息一下,不只身体上的休息,还有精神上的休息;她累了,她好累好累。车子在一家著名的外科医院门口停了下来。她昏昏沉沉地被他带进医院,一直到坐到医生面前,她才想起身上没带钱,她转头看颂超:"颂超,我没带钱。""我有。"他简单地说,望着医生打开那乱七八糟的纱布,皱拢了眉毛,他看到那深深的伤口和那血污的纱布,觉得胃在翻腾。

医生抬头看了他一眼:"怪不得她疼成这样子,里面还有碎玻璃。"医生说:"你去外面等一下吧,我们需要一点时间清理伤口,起码要缝上十针……啧啧,可惜,手臂上会留一条疤了。"

他走出了手术室,想起她不可能再去上课了,翻开电话簿,他帮她打了个电话去学校请假,又打了个电话到建筑公司给自己请了假。然后,他就呆呆地坐在手术室门口,呆呆地想着心事。足足弄了一个多小时,缝了十一针,取出了好几片碎玻璃,又注射了消炎针和破伤风血清。终于,医生把她送出了手术室,对虞颂超交代着:"明天还要来换药!一星期以后拆线,四小时吃一次药,晚上如果不发烧就算了,发烧的话要打电话给我!"

他留了电话号码,药丸药片一大堆的药。又对佩吟叮嘱了一句:"好好休息,不要再碰到伤口,也不要碰水啊!假如发炎的话,那个疤就更大了!"颂超付掉了医药费,他们走出医院,她的脸色依然苍白,眉梢也紧蹙着。她一定很疼,颂超想,但她的忍耐力却是第一等的。"我已经帮你请了假,"颂超说,"不要去担心学校的课了。现在,让我送你回家去休息吧!"

"啊,不。"她惊觉地说,"不行,我不能回家,我不要爸爸为我担心。"她四面张望:"颂超,你知道有什么地方可以坐坐的吗?我必须拖到下课时间才能回去。"

他看了她一眼,一语不发,他又叫了辆计程车。

十分钟以后,他们已经坐在一家名叫"兰心"的西餐馆里了。在一个不被人注意的角落里,他和她面对面地坐着。

这儿有非常舒服的沙发椅,非常幽暗而柔和的光线,非常雅致而高贵的情调。墙上有嵌瓷的壁画,画着一个驾着马车的女骑士。桌上有一个大玻璃杯,杯中盛着半杯水,水面上漂着一朵红玫瑰。佩吟软软地靠在沙发中,心里迷迷糊糊地想着,自己多久没有走进过这种地方了?最后一次进咖啡馆还是和维之离别的前夕,维之用双手捧着她的手,一再地发誓,一再地保证着:"顶多两年,佩吟,不论我能不能拿到学位,顶多两年,我一定回来!我离不开你,佩吟。想到以后生活里没有你,我简直要死掉了!"两年,他没有回来。四年半了,他仍然没有回来。他也没有死掉,他活得好好的,娶了另外一个女孩子!一切山盟海誓,尽成虚话!什么百年美景,全成幻影!爱情,爱情是什么?爱情只是小说家笔底下用来骗人的东西!

忽然间,她觉得自己面颊上痒痒的,有两行泪水就这样悄悄地滚落下来了。她注视着面前的咖啡杯,什么时候自己面前有了咖啡呢?透过泪雾、咖啡、玻璃杯、荡在杯里的玫瑰……一切都那么虚幻,那么不真实。然后,她觉得有人坐到自己身边来了,有只手怯怯地、轻轻地握住了自己那只没受伤的手,有个好年轻、好熟悉的声音,在她耳畔怜惜地、温柔地响着:"是不是很疼?要不要吃一粒止痛药?医生给了我止痛药,他说你会很疼的!"她蓦然一惊,从一个久远以前的梦里醒过来了。睁大了眼睛,于是,她看到颂超已挨在她身边坐着。他那对又大又亮的眼睛,正呆呆地凝视着自己。这对眼睛里有种她熟悉的光芒。若干年前,这光芒也曾在维之的眼睛里闪亮过。她全身一震，真的醒过来了。"哦，颂超，"她讷讷地说，有些心慌，有些心乱，她试着要抽出自己的手，但他把她握得牢牢的，"我很好，不怎么疼，真的。"她再要抽出自己的手，他握紧了她。

"不要！"他哑声说，脸红红的，眼光一瞬也不瞬地紧盯着她，"你为什么要躲开我？为什么不让我接近你？为什么要对我保持距离？"

天哪！她心慌意乱地想，不要发生这件事！不要，不要，今天发生的事已经够多了，她已经头昏脑涨了，她不能思想，不能分析……是的，那伤口在疼，绞心绞肝地疼，她真的不能思想……"颂超，你别糊涂！"她觉得喉咙发涩，嘴唇发干，她勉强地说着，"你那么年轻，我一直把你看成我弟弟，你知道，如果佩华活着，也和你差不多大……"

"但是，我不是你的弟弟！"他很快地说，脸涨得更红了，声音里带着激动和痛楚，"你不过只比我大两岁，这构不成任何距离。佩吟，别告诉我，你从不知道我为什么常常在你家门口等你。别告诉我，你从不知道我为什么那样关心你。别告诉我，你从不知道我为什么找尽了理由要接近你。我跟你说……"

"不不……"她慌乱地挣扎着，用力摆脱了他，她的身子往后退，紧缩在沙发深处，"你不要吓唬我！颂超！你还太小，你完全不了解你在做什么。忘掉它！颂超，不要再说了，否则，有一天你长大了，成熟了，你会后悔你对我说了这些话！"

他盯着她,闭了闭眼睛,他用牙齿紧咬住嘴唇。他的身子往后退开了一些,保持了适当的距离。他那涨红的脸变白了。立刻,她明白了一件事,她伤害了他!她刺伤了他!这使她更加心慌、更加失措,而在内心深处,有某种痛楚和伤口的疼痛混成了一片,使她额上冒出冷汗来了。她急切地看着他,急切地把发热的手盖在他的手上,急切地想解释,想安慰他:"你看,颂超,你并不了解我什么,我已经老了,老得配不上你……"

"不要说了!"他打断了她,带着份孩子气的任性和恼怒,他甩开她的手,而把双手插在自己的浓发里,他用力地、辗转地摇着头,用受伤的声音说:"我明白了,你根本看不起我,你认为我还是个孩子,没有成熟,没有长大,没有思想和深度,你根本看不起我!"

"不是这样的,不是这样的,不是这样的……"她急急地说,自己也不知道在说些什么。

"不是这样是怎样?"他放下手来,紧逼着她问。他的脸孔在她面前放大,她的视线模糊不清,头脑中更昏了。"你从没有把我当一个男人看!我二十四了!大学都毕业了,军训都受过了!在上班做事了!但是,你认为我还没有成熟,告诉我,"他提高了声音,"怎么样就算成熟了?你和那个林维之恋爱的时候,他几岁?他成熟了吗?他长大了吗?"

不要!佩吟心里疯狂般地喊着。不要提林维之,不要那么残忍!不要!睁大着眼睛,她觉得自己不能呼吸了。颂超,她模糊地想,就因为有林维之那一段,我才不能重蹈覆辙……你不懂！你不懂，你不懂我多么害怕"年轻"，而我又有"多老"了！"颂超，"她低低地、哀求似的喊了一声，"止痛药在什么地方？我——"她夸张地吸着气，"疼得快死掉了！"她有些惭愧，因为她用了一点手段。

这一招立即收了效，颂超手忙脚乱地在那一大堆药包里找止痛药，当他把药片送到她唇边，看她用冰水一口咽下去，看她紧皱着眉头忍痛，又看到她满头冷汗的时候，他后悔了，强烈地自责而后悔了！他不该提林维之，他选了一个最坏的时刻来表白自己，她又病又弱又痛，他却挖出她心底创伤，残忍地再加上一刀。他望着她，慌乱而心痛地望着她。一时之间，竟不知道该说什么好。

"让我休息一下吧！"她呻吟着，仰头靠进沙发里，"我们改天再谈，行不行？改一天，等我——不这么疼的时候，我现在已经头昏脑涨了。"

"是我不好！"他很快地说，眼眶红了，"你对了，我根本没有长大，我是个任性、自私、不知体贴的糊涂蛋！"

她愕然地看他，在这一瞬间，竟有些为他心动了。

人生常有许多不可解的事情，往往，所有的"意外"会在同一个时期里发生。对佩吟来说，母亲的病态由"文"而转变成"武"，还不算是太意外。早在母亲发病初期，医生就对佩吟和韩永修明白地表示过："如果你们不把她送到精神病院去治疗，她的病只会越来越加重，先是有幻想，然后有幻视和幻听，接着有幻觉……最后，她会变得很危险，打人、摔东西、胡言乱语……都是可能的。所以，你们应该理智一些，让她住院治疗。"

但是，韩永修并不理智，佩吟也不理智，他们无法排除对"疯人院"的那种根深蒂固的恐惧和排斥心理。何况，发病初期的韩太太丝毫都不可怕，她只是个心碎了的、柔弱而无助的老太太，整日幻想她那死去的儿子仍然活活泼泼地在身边而已。这种幻想不会伤害任何人。然后，不知怎的，她听到了自己可能被送进"疯人院"的传言，这才真正打击了她。她忽然就"病"倒了，病得行动都要人扶持。医生检查过她，说她的身体上并无疾病，这种"重病"的"幻觉"也是精神病的一种。她开始哀求地对韩永修说："永修，看在二十几年夫妻分上，你发誓，永远不要把我送进疯人院！"忠厚、诚挚、重感情的韩永修发了誓。从此，大家都不提要送韩太太住院的事情，韩永修办了退休，除了著述以外，他把大部分时间用在照顾病妻上。

可是，韩太太的病是越来越重了。不知从何时起，佩吟成为她发泄的目标，或者，每个人在精神上都有个"发泄"目标，正常人也会诅咒他事业上的竞争者、情敌，或是看不顺眼的人。至于韩太太为什么这样恨佩吟，主要因为她本就重男轻女，而佩吟又是当初赞成佩华动手术的人。但，佩吟却无法不为母亲的"怀恨"而"受伤"。有次，她被母亲逼急了，竟冲口而出地对父亲说："爸爸，我是不是妈妈亲生的？我是不是你们抱来的？佩华才是你们的孩子？要不然，我大概是你年轻时，在外面生下的孩子吧？"韩永修愕然地瞪着她，她从没看过父亲那么生气。

"你在胡说些什么？妈妈是病态，你要谅解她，难道你也跟着她去害'妄想症'吗？"

一句话唤醒了佩吟的理智，她不能跟着母亲胡思乱想。从此，她不再去找理由，只是默默地承受母亲的折磨。

母亲动武，她受了伤，这只能算是意料中的意外。但，颂超会在这个时候向她表白心迹，却是她做梦也想不到的。不管她认识颂超已经有多少年，她眼里的颂超一直是个孩子，是个弟弟。而且，有很长一段时间，她心里根本就没有颂超这个人物。现在，颂超突然冒出来了，带着他那份孩子气的憨厚、近乎天真的热情，来向她表白心事。这，把她整个的心湖都搅乱了。但是，即使这件事，也没有林维珍的出现，带给她的意外和震荡来得大。林维珍是维之的妹妹，比维之小了四岁。当佩吟在大学一年级的迎新晚会中认识维之的时候，维之在念大三，而维珍还只是个十七岁的高中生。不过，即使那时维珍只有十七岁，她已经是个被男孩子包围着的风头人物。维珍在这方面和她哥哥很像：吸引人，能说会道，随时都被异性注意和喜爱。维珍还更突出一些，她发育很早，绰号叫"小丰满"。由这个绰号就可以看出她的身段，十六岁时她已经是个小尤物。

在佩吟和维之恋爱的那些年里，维珍也正忙着享受她那早熟的青春，大部分的男孩子只是她的猎获物，她从小就不对感情认真，或者，在她那个年龄，她还不认识感情。她像一只猫，喜欢捕捉老鼠，却并不吃它们。她就喜欢把男孩子捉弄得团团转。她的书念得很糟，高中毕业后就没有再升学。一度，她迷上了歌唱，想当歌星，也上过几次电视，无奈歌喉太差，又过分地奇装异服（她不能不展示她的本钱），被卫道者大肆抨击，又被新闻局取缔。一怒之下，歌星不当了，转而想演电影，没多久，她就被香港一家电影公司罗致而去。在这段时间里，维之大学毕了业，受完军训，他们简简单单地订了婚，维之就去美国了。维珍只在他们订婚时，寄来一张贺卡，上面写着：

愿哥哥终身爱嫂嫂，愿嫂嫂终身爱哥哥，
爱情万岁！

收到贺卡那天，她和维之还笑了好久。因为，《爱情万岁》是维珍正在拍摄中的一部电影，她寄贺卡还不忘记做宣传。这部电影在香港票房并不好，在台湾遭受到"禁演"的命运，因为过分暴露。维珍的"星运"显然不佳。等后来，维之去了美国，又在美国结了婚，佩吟就和林家完全断绝了关系。她已经有两三年不知道维珍的消息了，偶尔翻翻电影画报，也从没有看到过维珍的照片。在佩吟的心中，甚至在她潜意识里，她都不准备记住维珍这个人了。

但是，维珍却突然出现了。

这是佩吟受伤的第二天，她很不舒服，伤口很痛，人也昏昏沉沉的。她应该继续请一天假，可是，她却怕父亲怀疑，也不愿请假太多，马上就要大考了，她要给班上的学生总复习，所以，她仍然去学校上了课。

中午下了第四节课，她刚抱着书本走出教室，有个学生跑来对她说："老师，有人找你！"她的心跳了跳，以为是颂超，因为颂超说过，今天中午要来接她去医院换药。但，当她对走廊上看过去，却大吃了一惊。一时间，她根本没认出那正对她打招呼的人是谁，因为，维珍烫了一个目前最流行的小黑人头，化妆很浓，蓝色的眼影和假睫毛使她的眼睛显得又大又黑又深又亮又媚。一件大红的紧身衬衫，半透明的，她从第三个扣子才开始扣，里面居然没用胸罩。细小的腰肢，系着条宝蓝色明艳的裙子。佩吟从不知道大红可以和宝蓝相配，可是，她穿起来，却鲜艳而夺目，一点也不土气和俗气，反而充满了热力和魅力。

"喂！佩吟，"她迎着她走过来，笑嘻嘻地，"不认得我了吗？"

"噢！"佩吟上上下下打量她，也微笑起来，"真的不认得了，你变了很多，比以前……更漂亮了。"

"算了，别挖苦我了。"维珍笑着，跑过来，亲切地挽住佩吟的胳膊，佩吟闪了闪，怕她碰到伤口，她的闪避，使维珍微微一愣。"怎么？不愿意我碰你啊？"她率直地问。

"不是，"佩吟勉强地一笑，挽起袖子，给她看手上的绷带，"我这只手碰伤了，有点疼，你到我右边来吧！"

维珍真的绕到她的右手边，挽住了她，好亲热好依赖似的，就好像她们天天见面一样。她们一面往校门口走，她一面滔滔不绝地说："哦，佩吟，你还是老样子，一点都没有变。只是比以前苗条了些，现在流行要瘦，你真有办法。我是怎么节食都没用，瞧我还是这么胖乎乎的。佩吟，你看我是不是太胖了？去三温暖一下，不知道有没有用？"

佩吟连什么叫三温暖都弄不清楚。她笑笑，很坦白而真实地回答："你是该胖的地方胖，该瘦的地方瘦，还要节食做什么？"她盯着她："你不是在香港拍电影吗？什么时候回来的？"

"我早就回来了！那个赵氏电影公司啊，专门拍咸湿片，我能演什么戏，天知道！不过是脱衣服罢啦！实在没意思，我爸写信给我说，你要再脱下去就别回家了，我想想也没前途，就解除合约回来啦！"佩吟点点头，她当然记得维珍的父亲，他在政界做事，说实话，是个相当正直而清廉的人，只是一直不怎么得意。

"还是解除的好，"她由衷地说，"那家电影公司的名誉也不太好。"

"是呀！"维珍的声音嗲嗲的、甜甜的、腻腻的。她倒不是出于造作，她一向说话的声音就很女性、很媚人。她的身子更亲切地靠近了佩吟，抱着佩吟的胳膊，她似乎想钻到佩吟怀里去。"说真的，佩吟，"她用充满感情的声音说，"你和我哥哥怎么会吹啦？"佩吟锁起了眉头，怕提其人，偏提其人。

"我也不知道，"她空空泛泛地说，"我想，他找到比我更适合于他的女人。"

"算了吧！"维珍噘起了嘴，愤愤不平地，"那个女人好妖，好骚，好风流，真不知道哥哥是怎么会鬼迷心窍去跟她结婚的！"

"你怎么知道？"佩吟一惊，心脏不由自主地加快了跳动，"他们回来啦？"

"没有。"维珍说，"可是我看到了照片。对了！"她又笑起来，"哥哥还写信问起你，我想，他一直没对你忘情。我那个嫂嫂很凶，他们常常吵架。今年年初，我妈去跟他们一起住了三个月，回来之后，我妈长吁短叹地直提你……唉，佩吟，总之一句话，我哥哥对不起你，林家也对不起你。其实，你也不必因为哥哥另娶的关系，就和我们全家绝交，你明知道，爸爸、妈妈和我都喜欢你。而且，说不定……"她拉长了声音，耸了耸肩膀，"我哥哥会离婚，说不定……咱们还会成为一家人！"佩吟回头盯着她。难道她忽然来找她，是为了帮林维之做说客吗？她有些狐疑。想着维珍对她嫂嫂的评语：好骚、好妖……再看维珍，她咬了咬嘴唇，维珍也妖也骚也风流，或者，这是林家的特色吧！

"维珍，"她不愿再谈维之了，这名字永远让她心痛心酸，让她难过而沮丧，"怎么突然来找我？"她直接问。不相信她是单纯来报告哥哥、嫂嫂的消息的。

"哦！我……"她迟疑了一会儿，笑着，"你看，佩吟，我脱离电影公司之后，就每天闲在家里，这实在不是个办法，我总该找个工作，所以……"

"你要我帮你介绍工作？"佩吟有些失笑，"你总不是想当教员吧！"

"当然不是。"维珍也笑了，挺坦诚地，"你看我这块料，能为人师表吗？"佩吟看着她，心想，这女孩还是蛮可爱的。最起码，她很有自知之明，也很能幽自己一默。

"那么，我能做什么呢？"佩吟问，"你明知道，我接触的就是学校。"

她们已经走到了校门口，维珍忽然说："我请你吃午饭好不好？我们边吃边谈。"

"我……"她犹豫着，抬起头来，她就一眼看到，虞颂超正穿过马路，对这边大踏步而来，"我还要去医院换药，"她指指手臂，"给玻璃划了个口子。你——"她注视着她，"就直说吧！要我怎么帮你？"

"好吧，我直说！"维珍含蓄地笑着。

"我听说，你认得那个鼎鼎有名的大律师赵自耕？"

"哦。"她一怔，"是的。"

"你知道他有很多事业吗？"

"噢。"她应了一声，心里有些烦躁，多年不来往，婚事已破裂，她以为林家的人和她已隔在两个世界，谁知道，连她认识赵自耕这种事，维珍居然会知道，而且要加以利用了。"或者——他有很多事业，"她含糊地说，"我只负责给他女儿补习功课，对赵自耕，我并不熟悉。"

维珍正要再说什么，虞颂超已经来到她们面前了。颂超稀奇地看了维珍一眼，以为她是佩吟的同事，也不太注意，就直接对佩吟说："你准备好了吗？要去医院了。"

佩吟望着他。"你没骑车来吗？"她问。

颂超笑了笑，一股傻呵呵的样子。

"我说了，你不许生气！"他说。

"怎么啦？"佩吟不解地。

"车子丢了，被偷走了！"

佩吟急得直跺脚。"你瞧你！"她懊恼地说，"我跟你说了不能把车子丢在路边上，跟你说了不能不上锁，你就是不听！那些设计图呢？"

"当然一起丢了！"

"唉！"佩吟叹了口气，"都怪我不好。"

"算了。"颂超若无其事地抬抬眉毛，"旧的不去，新的不来！"

"你很有钱啊？"佩吟瞪了他一眼，"图呢？怎么办？你画了好几天了！"

"所以，我一个上午就在重画，忽然间，灵感全来了，以前解决不了的问题，一下子豁然贯通。我设计了一张最棒的图，连老板都说我有创意，幸好那张旧的丢了。我说嘛，旧的不去，新的不来！"

维珍轻轻地咳了一声，眼珠骨溜溜地在颂超脸上、身上转来转去。"佩吟，"她落落大方地说，"你不帮我介绍一下吗？这位是……"

"噢！"佩吟被提醒了，她看看维珍，再看看颂超，"颂超，我给你介绍，这是林小姐，林维珍。维珍，这是虞颂超先生。"

"哦，虞先生，您好！"维珍伸出手去，要和颂超握手。

"哦哦，林，林小姐！"颂超慌忙应着，伸出手去，颇不自然地轻握了一下维珍的手。他这才正眼打量林维珍，把她那娇艳的面庞和她那诱人的身段尽收眼底，他更稀奇了。"林小姐也在这儿教书吗？"他一本正经地问。

维珍用手轻掩着嘴，一下子笑了出来。她那黑溜溜的眼珠带着抹强烈的好奇，对颂超肆无忌惮地注视着。

"你看我像个老师吗？"她问，眼睛在笑，眉毛在笑，嘴角也在笑，每个笑里都媚态万千而风情万种。

"哦！"颂超傻傻地望着她，"那么，你是……"

"我是佩吟的小姑子！"她用那甜甜腻腻的声音，细声细气地说了出来。

"什么？"颂超吓了一跳。

"我说，我是佩吟的小姑子！"维珍重复了一遍，笑意盎然，那大眼睛水汪汪地汪着无限春情。不知怎的，看得颂超竟有些耳热心跳。

"你问佩吟是不是？"她娇滴滴地加了一句。

颂超掉转眼光，疑惑地看着佩吟。

"别听她胡扯，"佩吟勉强地说，"她是林维之的妹妹。"

哦。颂超再看看维珍。原来佩吟和林家还保持着来往，怪不得佩吟会拒绝他呢！她还爱着那个林维之，她还等着那个林维之，她还期望着破镜重圆的日子！尽管人家把她甩了，尽管人家已经移情别恋了，她心里还是只有那个林维之！他深深地看着维珍，想在维珍身上找出维之的影子来，为什么那个男人如此迷人？

"噢,"维珍忽然说,"我们是不是一定要站在这太阳底下谈天?虞……虞什么?"她问,盯着颂超。

"颂超。"他慌忙接口,"拜托别叫我虞先生!"

"我就是不想叫你虞先生呀!"维珍笑得好甜好媚好真诚,"我要直呼你的名字了,你别生气。颂超,你的名字取得很好,和你的人也正相配,又大方,又文雅,又很有男性气概……"她一个劲儿地点头,"我喜欢这个名字。"

颂超有些轻飘飘起来,什么事比有个漂亮的女孩子来赞美你,更令你欣喜呢?毕竟,他只有二十四岁,毕竟,他有着人性最基本的弱点,毕竟,维珍是个非常妩媚而明艳的女孩!

"我知道,"维珍继续说,看看佩吟,"你还要去医院换药,但是,吃了中饭再去换不是一样吗?这样吧,我请你们两个吃饭,说真话,我饿了!"

总不能让女孩子请客,颂超慌忙说:"我请!我请!我请!"

"你要请?"维珍温柔地看着颂超,"那么,我也不和你抢,谁叫你是大男人呢!这样吧,对面有家西餐馆,叫'明灯',气氛好、环境好,价廉而物美。我们去吧!包管你们喜欢那地方!"就这样,他们到了"明灯"。

真的,这儿确实气氛好,环境也好,幽幽静静,雅雅致致的。佩吟有些奇怪,她在这附近教了好几年书,也不知道有这样一家餐厅。维珍倒好像对这一带都了如指掌。侍者送上了菜单,颂超要维珍先点,她点了咖喱鸡饭,点了咖啡。佩吟注意到,她故意挑了最便宜的东西点。于是,她也点了同样的一份。

"你们都在帮我省钱吗？"颂超问，"怎么不吃牛排？这菜单上特别推荐了他们的招牌牛排。"

"谁吃得下那种'大块文章'？"维珍说，望着颂超，惊叹着，"除非你。你真结实，真壮。我喜欢你皮肤的颜色，红中带褐，好健康的颜色！我最受不了苍苍白白的男孩子！更受不了有娘娘腔的男孩子！你知道吗？虞颂超，你很男性！"

佩吟带着一种惊叹的情绪，听着维珍的谈话。她也带着一分好奇，去看颂超的反应。颂超笑得很开心，傻呵呵地面带得色。佩吟微笑了，靠在沙发中，她玩弄着桌上的火柴盒，心里模糊地想：猫捉老鼠的游戏又开始了。她了解维珍，维珍常常不为任何原因，而本能地去捕捉男孩子，目的只是满足自己的征服感。尤其，她很可能认为颂超是佩吟的男朋友，她一向就有从别的女性手中"篡捕"男友的习惯。"篡捕"，这是桥牌中 trump 的译音。颂超点了牛排，还点了杯红酒，经过他一再要求，维珍也"同意"要杯酒，只是为了"陪他"喝。他转头问佩吟，佩吟笑着说："你知道我从不喝酒，而且，酒对伤口也不好，是不是？"

"这倒是真的。"颂超同意了。

酒先来了，维珍对颂超举杯，他们对喝着酒，谈得十分开心，当维珍知道，颂超原来就是商业界名人虞无咎的儿子时，她就更加殷勤了。"我说呢，"她笑望着颂超，"我一看你，就觉得你的气派不同凡响，举止、风度、仪表……都是第一流的，原来你是名家子弟！"颂超显然晕陶陶了，喝了几口酒之后,他就更加晕陶陶了。维珍笑眯眯地看着他,眼底盛满了崇拜和激赏。连在一边旁观的佩吟,都不能不承认,维珍确实是个非常具有诱惑力和吸引力的女人,她浑身的每个细胞,都是女性的、迷人的。而且,她明艳动人,像一朵盛开的花,像一簇燃烧的火。

佩吟静静地吃着她的午餐,心里模糊地想,昨天还困扰着她的这个大男孩子,在她心湖里扰动出无数涟漪的这个大男孩子,现在大概已经不是她的"问题"了。不知怎的,她对这种方式的"解脱",竟有份说不出来的不舒服,和一份淡淡的、幽幽的"失落感"。

她开始觉得伤口又在作痛了。

第四章

那一整天,维珍似乎都和颂超混在一起。他们三人一起去医院换的药,伤口的情况并不好,医生说有轻微发炎的倾向,又打了一针消炎针。从医院出来,佩吟还要赶去学校,她下午还有课,晚上还要去给纤纤补习。她毕竟没有说服赵自耕,这个生活在二十世纪,似乎很开明、很解人意的大律师,却固执到了极点。对佩吟来说,这是个相当忙碌的日子。

离开医院,又回到佩吟的校门口,维珍才想起她找佩吟的主要原因,把握那剩余的一点空隙时间,她把佩吟拉到一边,对佩吟说:"你知道赵自耕和××航空公司也有关系吗?"

"是吗?"佩吟微锁了一下眉,"没听说过。"

"他是负责人之一。每家航空公司,都需要一位律师当顾问,他的身份不只是顾问,他还负责所有法律问题和买卖飞机的签署。"

"噢,"佩吟惊愕地,"你对他似乎很了解。"

"有人告诉我的。"

"恐怕不确实吧!"

"一定确实!是程杰瑞告诉我的,杰瑞在××航空公司当空服员,他认识琳达,琳达对他说的。"

"程杰瑞?琳达?"佩吟越听越迷糊,"琳达又是谁?"

"哎呀,你连琳达是谁都不知道吗?"维珍大惊小怪地说,"亏你还在赵家做事!"

"我真的不知道。"

"琳达是总公司派到台湾来的,××航空公司的女经理,也是——"她拉长了声音,"赵自耕的情妇!你——难道没在赵家见过她吗?"

"噢!"佩吟深呼吸了一下,"没有。我连赵自耕都不常见到呢!那个琳达……是外国人?"

"是呀,是一个马来西亚女人和英国人的混血儿,标准的肉弹,挺风骚的,不过,倒真的是个美人。都三十几岁了,还是一股风流浪漫相。她有个外号叫'布丁鸡蛋'。"

"什么'布丁鸡蛋'?"

"佩吟,你少土了!"维珍叫着说,"珍娜露露布丁鸡蛋嘛!琳达长得很像珍娜露露,所以大家叫她布丁鸡蛋。懂了吗?"

佩吟愣愣地点了点头,心中有些迷糊。

"好吧!就算赵自耕是××航空公司的负责人,你预备做什么呢?"

"我现在胸无大志,"维珍耸了耸肩,"只想当一个空中小姐。"

"你要我去帮你当说客吗?"佩吟有些失笑了,"据我所知,空中小姐都是考进去的!"

"你又土了,考试只不过是烟幕弹而已,没有人事关系还是不行的!"

"维珍!"她叹了口气,"我想,你找了一个最没有力量的人,我只帮他的女儿补习,跟他本人,并没有什么谈话的机会,即使谈话,话题也离不开他的女儿。我想,你既然知道琳达,为什么不要琳达帮你安插这工作呢!"

"我不认识琳达呀!"

"你认识的那个空服员呢?他可以介绍你认识琳达,对不对?"

维珍对她瞪了几秒钟。"我想,"她慢吞吞地说,"你对人情世故是一窍不通的!程杰瑞既不会把我介绍给琳达,琳达也不会录用我。琳达对女性排斥得很厉害,尤其是像我这种女人!"她顿了顿:"这样吧,我不要你为难,只要你安排一个机会,让我见见赵自耕,工作的事,我自己对他说!"

学校的钟响了,上课时间到了。远远站在一边的颂超实在不耐烦了,他大踏步地走了过来:"你们两个在讲什么悄悄话?"

佩吟看了看维珍,匆匆说:"让我想想看吧,我要去上课了!"

"我等你电话,我家的电话号码,你总没忘吧?"

佩吟点点头，往学校里走去。跨进校门，她还听到颂超和维珍的两句对白："你们有什么秘密，要避开我来讲？"颂超在问。

"我和佩吟呀，"维珍细声细气的，声音里似乎都汪着水，她整个人都是水水的，女人是水做的，"我们在谈我哥哥呢！当然不能给你听！"

佩吟摇了一下头，大步地走进校园深处。

晚上，佩吟又准时到了赵家。距离大专联考，已经只有一个月了，越来越逼近考期，佩吟的情绪就越来越不安，她深深明白一件事，纤纤的录取机会，几乎只有百分之十。她报考的是乙组，第一志愿就是台大中文系，可是，她对所有的文言文，都弄不清楚，所有的诗词歌赋，都背不出来，佩吟真不知道她怎能念中文系？她曾问赵自耕："如果纤纤这次又落榜，你预备怎么办？"

赵自耕望着她，不慌不忙地说："反正纤纤学龄就早了一年，今年落榜，明年再考！明年落榜，后年再考！"佩吟没办法再去和赵自耕争论，心里也曾有过很"阿Q"的想法：让纤纤去左考一次，右考一次吧，她乐得做长期家庭教师，多赚一点钱！平常，她给纤纤上课，都在楼上，纤纤的卧房里。今晚，她一跨进赵家的花园，就看到纤纤并不像平常一样，在房间里等她，而正在花园中，弯腰察看一株植物。在她身边，是她所熟悉的苏慕南，他和纤纤站在一块儿，也在研究那株植物，花园里的灯亮着，月光也很好。一眼看过去，苏慕南的黝黑和纤纤的白皙，成为一个很鲜明的对比。而苏慕南在男人中，应该是属于漂亮的，纤纤呢？当然不用说了。一时间，佩吟有了种敏感的联想。怪不得苏慕南会住在赵家呢，窈窕淑女，君子好逑呀！纤纤站起身子，看到佩吟了。她高兴地笑了起来，喜悦地招呼着："韩老师，你快来看！"

什么事情他们那么新奇？她走了过去，就一眼看到，在月光及灯光下，有棵像凤凰木一样的植物，羽状的叶片，像伞似的伸展着。通常凤凰木都很高大，这株却很矮小，现在，在那绿色的羽形叶片中，开出了一蓬鲜红色的花朵。佩吟有些惊奇，她以为，只有南部的凤凰木才开花。她看着，那花朵是单瓣的，伸着长须，花瓣周围，有一圈浅黄色的边，像是故意地镶了一条金边。微风过处，花枝摇曳，倒真是美而迷人的。

"哦，我从不知道凤凰木的花这么好看！"佩吟由衷地赞叹着。

"噢，这不是凤凰木！"纤纤可爱地微笑着，"凤凰木是好高好大的。这是'红蝴蝶'，你仔细看，那花朵是不是像一只蝴蝶？不但有翅膀，有身子，还有须须呢！"

经她这一说，佩吟才发现，确实，那花朵像极了蝴蝶，一只只红色的蝴蝶，围绕成一个圆形，伞状地向四面散开，美极了。"我去年种的，"纤纤解释着，"今年就开花了。我真喜欢，真喜欢！"她惊叹着，又指着另外一种有细长叶子粉红色花朵的植物说："韭兰也开了。今年夏天，所有的花都开得特别好；松叶牡丹开了，文珠兰开了，朱槿花是一年到头开的，百日草开了，木芙蓉开了，曼陀罗也开了，还有鹿葱花！啊，韩老师，你看过鹿葱花吗？在这儿，我用盆子种着呢！"她牵住佩吟的手，走到一排盆栽的面前，抱起一盆植物。佩吟看过去，那花朵是粉紫色的，窄长的花瓣，放射状地散开，嫩秧秧的，好可爱好可爱的。纤纤放下花盆，又指着其他的花盆，陆续介绍："这儿是鸢尾花，这儿是仙丹花，这儿是绣球花，这儿是……哦。你一定会喜欢，这一盆，"她再抱起一盆来，竟是一蓬红叶，红得醉人，叶片长长地披散下来，"这个不是花，是叶子，但是很好看，对不对？它的名字也很好听，叫'雁来红'，我不知道它为什么取这样的名字，大概雁子飞来的时候，它就红了。"

佩吟惊奇地望着纤纤，从来不知道她对植物懂得这么多。她转头去看苏慕南，问："是你教她的吗，苏先生？"

"才不是呢！"苏慕南笑着说，"她正在教我呢！我对这些花呀草呀实在是外行，总是记不得这些怪名字，像那株垂下来的红色毛毛虫……"

"唉唉！"纤纤叹着气，"那是铁苋花呀！"

"铁苋花，你看，我就是记不住。"苏慕南笑着，他面部的轮廓很深，皮肤黑中泛红，眼珠在灯光下有些奇怪，似乎带点褐色，大双眼皮好明显，而且眼睛是微凹的：有些像混血儿。混血儿，佩吟心中闪过一个念头，但她没说出来。她的注意力仍然集中在纤纤的花花草草上。

"谁教你的，纤纤？"她问。

"没人教呀！"纤纤天真地说。

"你不可能无师自通。"佩吟说,想着她对课文的接受能力,"一定有人告诉过你这些名字!"

"她呀!"苏慕南插嘴说,"她全从花匠那儿学来的,你看这整个花园,全是她一手整出来的,她从十二三岁就开始种花,每次花匠来,她跟人家有说有笑的,一聊就聊上好几小时,她爱那些花比母亲爱孩子还厉害,什么花该几月下种、几月施肥、几月开花、几月结种……她都会告诉你!而且,我看这些植物的叶子都差不多,她一看就知道有些什么不同……"

佩吟新奇地看着纤纤。"是吗?"她问,"整个花园里的花你都认得吗?"

"嗯。"纤纤应着。

"你怎么记得住?"

"怎么会记不住呢!"纤纤柔声说,"它们都那么可爱那么可爱呀!"

佩吟指着一盆金黄色的小菊花,"这个菊花该几月下种?"她问。

"那不是菊花,"纤纤睁大眼睛解释,"它也有个很好听的名字,叫作金盏花。要春天下种,秋天也可以。本来,金盏花是春天开的,到夏天就谢了,可是,我把凋谢的花都剪掉,它就会开很长,一直开到秋天。"

佩吟呆呆地望着纤纤,开始沉思起来。

苏慕南看看佩吟,又看看纤纤,大概想起这是"补习时间"了。他对她们微微颔首,很职业化地交代了一句:"纤纤，韩老师要给你上课了，别去研究那些花儿草儿了，大专联考不会考你金盏花几月开花的！"

纤纤又叹了口气，她是非常喜欢叹气的，每当无可奈何的时候，她就叹气。她慢吞吞地把手里那盆"雁来红"放好，又下意识地整理了一下花盆，再慢吞吞地站起来，幽幽地说了句："韩老师，我们上楼吧！"

佩吟仍然呆呆地注视着纤纤。苏慕南已经转身走开了。她深思地望着纤纤那白皙的面庞，看得出神了。

"韩老师！"纤纤不安地叫了一声，"怎么了？"

佩吟回过神来，她忽然有些兴奋，很快地问："你爸爸在家吗？"

"在。"

"在哪儿？"

"楼下书房里。"

"好。"佩吟下决心地说，"你先上楼去等我，我要和你爸爸谈点事，然后再到楼上来找你！"

纤纤顺从地走进屋里去了。

佩吟弯下身子，左手抱起那盆金盏花，右手抱起那盆雁来红，她走进客厅，奶奶和吴妈都在楼上，客厅里竟杳无人影。佩吟径直走往书房门口，连门都没有敲，她抱着那两盆植物，很费力才转开门柄，她直接走了进去。赵自耕正在打电话，他愕然地瞪着佩吟，不知道她在做什么。佩吟把手里的两盆花放在书桌上，伤口因为花盆的重压而又开始疼痛。她反身关好房门，站在那儿，等待着赵自耕说完电话。

赵自耕无心打电话了。匆匆挂断了电话,他的眼睛睁得大大的,看看佩吟,又看看那两盆盆栽。

"这是做什么?"他问。

佩吟指着那盆金盏花,问:"你知道这是什么花吗?"

"雏菊。"赵自耕毫不犹豫地回答。

"这个呢?"她再指那盆雁来红。

"红叶?"赵自耕抬起眉毛,询问地面对着佩吟,"怎么啦?你到底在玩什么花样?"

"这不是菊花,这是金盏花,这也不叫红叶,它叫作'雁来红'。"佩吟清晰而稳定地说。

"是吗?"赵自耕推了推眼镜,对那两盆植物再看了一眼,"管它是菊花还是金盏花,管它是红叶还是雁来红,它与我有什么关系?反正它们是两盆观赏植物,我观赏过了,也就行了。"

"你不知道它们的名字,我也不知道它们的名字,苏慕南也不知道,我猜奶奶、吴妈、老刘……都不知道它们的名字,在你们全家,只有一个人知道,就是纤纤。"

"哦?"赵自耕凝视着她。

"纤纤不只知道这两盆的名字,她知道花园里每一棵花花草草的名字,而且,知道它们的花期、栽种的方法、下种的季节,以至于修剪、接枝、盆栽或土栽的种种常识。你从没告诉我,这整个花园是她一手整理的。"

"又怎样呢?"赵自耕困惑地问,"她从小爱花,爱小动物,什么鸟啦、狗啦、猫啦、松鼠啦……她都喜欢,我想,每个女孩子都是这样的。"

"并不是每个女孩都一样。"佩吟深深摇头,"我要告诉你的是,她背不出四书,背不出《祭十二郎文》,背不出《洛神赋》,背不出白居易最简单的诗……而她分别得出花园里每棵植物的不同,知道红蝴蝶不是凤凰木,金盏花不是小雏菊……而你,你是她的父亲,你居然要她去考中国文学系!"

赵自耕定定地看着佩吟,他终于有些了解了,他动容地沉思着。"你总算找出她的特长来了。"他沉吟着说,"她应该去考丙组,她应该去学植物。现在再改,不知道还来不来得及?"

"你又错了!"她直率地说,"不管她考哪一组,都要考语文、英文、数学……各门主科,她一科也通不过,所以,她还是考不上。而她现在对植物所知道的常识,可能已经超过一个学植物的大学生了。假若你不信,我明天去找一个学农的大学生,你当面考考他们两个人!"

"你的意思是……"

"你完全明白我的意思!我对你说过好几次了,她根本没有必要考大学!许多知识,也不一定在大学里才能学到。你猜她是从哪儿学到这些有关植物的知识的?是从花匠那儿!我可以肯定,那些花匠也没读过大学!"

赵自耕紧紧地盯着佩吟。

"你为什么要千方百计地说服我,不要纤纤考大学?"他问。

"因为我喜欢她。我不忍心看到她失败。"她迎视着他的目光,她眼里有两小簇火焰在跳动,她的声音低柔而清晰,脸庞上,有股奇异的、哀伤的表情,这表情使他不自觉地又撼动了,"赵先生,你一生成功,你不知道失败的滋味,那并不好受。那会打击一个人的自信,摧毁一个人的尊严……你不要让纤纤承受这些吧!要她考大学,只是你的虚荣感而已。"

"你怎么知道失败的滋味是什么?你失败过吗?"他敏锐地问。

"我——"她顿了顿,眼睛更深了,更黑了,她的眉头轻蹙了起来,眉间眼底,是一片迷蒙的哀思,"是的,我失败过。"

"是什么?"

"你曾经提过,我有一个未婚夫,他——娶了另外一个女孩子。"

他一震,深深地看她。"那不是失败,而是失恋。"他说,近乎残忍地在字眼上找毛病,这又是他职业的本能。

"不只是失恋,也是失败。"她轻声说,眼光蒙蒙如雾,声音低柔如弦音地轻颤,"这使我完全失去了自信,使我觉得苍老得像个老太婆,使我再也不相信爱情,使我不敢接受爱情,也不相信有人还会爱我……"她深吸了口气,"我觉得自己又渺小,又孤独,又自卑,又老,又丑,又不可爱……"

"你错了!"他不由自主地走近她身边,他的声音沙哑而低沉,"你完全错了!对我而言,你就像一朵金盏花,有雏菊的柔弱,有名称的高雅,而且……人比黄花瘦。你从一开始就在撼动我，吸引我……"

他没有说完他的话，因为，忽然间，他就觉得有那么强大的一股引力，使他再也控制不住自己。那蒙蒙的眼光，那淡淡的哀愁，那恍恍惚惚的神思，那微微颤动的嘴唇……他拥她入怀，蓦然间把嘴唇紧盖在她的唇上。

她有好一会儿不能思想，只感到一阵天旋地转似的震撼。那男性的怀抱，那带着热力的嘴唇，那深深的探索和那肌肤的相触……她本能地在回应他，又本能地贴紧他。可是，在她那内心深处，却蠢动着某种抗拒。这是不对的，这是不对的，这是不对的……他抬起头来了，仍然环抱着她，他看到有两行泪水滑下了她的面颊，她的睫毛颤动了一下，眼睛慢慢地张开了，她望着他，依旧恍恍惚惚的。

忽然间，她的眼睛睁大了，她明白什么事情不对了。这男人是赵自耕，一个鼎鼎大名的人物。他要什么女人就可以得到什么女人，他绝不可能爱上她。他有个叫布丁鸡蛋的情妇，或者还有其他的情妇……他吻了她。是玩弄？是怜悯？是占便宜？他那么自信，那么咄咄逼人，又有那么强的优越感……韩佩吟啊韩佩吟，她在内心里叫着自己的名字，你已经失败过一次，如果你要和这个男人认了真，你就准备被打入十八层地狱吧！你这个渺小、卑微、憔悴、孤独……的女人！

她突然使出浑身的力气，一把推开了他，掉转身子，她往门口的方向奔去。他迅速地跑过来，一把拦住了她。

"你要干什么？"他问。

"让我走！"她冷冷地说，泪珠在眼眶中打转。

"为什么？"

"虽然我渺小、孤独，"她憋着气说，"我也不准备做你这种大人物的玩物！"

"你以为……"他皱起眉头，正预备说什么，却看到有个人影在窗外一闪，有人在外面偷看！他高声喝问了一句，"什么人？"一面奔到窗前去，推开窗子察看。

佩吟却已经看清了是什么人：苏慕南！他在偷看他们，他一定以为她有意在投怀送抱了。纤纤的家庭教师怎么会跑到赵自耕的书房里来了？耻辱的感觉烧红了她整个脸，打开房门，她飞奔而去。

"佩吟！"他大叫着。但她已经跑出了客厅，穿过了花园，直奔到外面去了。

赵自耕一夜没有睡觉。

坐在书房里，他几乎沉思了一整夜。面对着那盆雁来红和金盏花，他精神恍惚而情绪混乱。这是他妻子去世以后，他第一次认真地分析自己的感情。若干年来，他从不认为自己"心如止水"。或者，世界上就根本没有"心如止水"的男人，他游戏过人生，也曾拥有过各种年龄——从二十岁到四十岁——的女性的青睐和崇拜。在这一点上，他似乎特别有魅力，女人几乎都喜欢他。当然，他也知道自己的特长：出众的仪表，尖锐的词锋，潇洒的个性和他那挥金如土的慷慨……这些，在在都成为他诱惑女人的本钱，可是，那些女人又是些什么人呢？他想起琳达，想起露露，想起那年轻得可以当他女儿的小酒女——云娥。突然间,他打了个寒战,面对那亭亭玉立的一朵金盏花,他大有"蓦然回首,那人却在,灯火阑珊处"的感觉。或者,这些年来,自己一直在寻寻觅觅。又或者,自己的灵魂早已腐烂,早已堕落,只剩下一个躯壳,而自己居然还沾沾自喜!他想起佩吟跑走以前说的话:"虽然我渺小、孤独,我也不准备做你这种大人物的玩物!"

聪明的佩吟,高傲的佩吟,飘然出尘、傲世独立的佩吟。他不自禁地想起第一次见到佩吟,就曾经被她那锋利的对白打击得几乎无法应对。她多么特殊呵!当他坐在那转椅里,深深地沉思时,佩吟的脸庞、谈吐、风度、仪态……就一直在他眼前打转。是的,今晚,他吻了她,为什么?因为她一直在吸引他?因为她也一直在反对他?因为她孤苦无依而又正好叙述出她的失意和自卑?他吻了她,仅仅是吻了她,他有没有认真想过,佩吟不是露露,佩吟不是云娥,佩吟更不是那游戏人生的琳达!他深吸了口气,燃上了一支烟,坐在椅子中,他望着那缕烟雾袅袅上升,缓缓扩散。他开始认真地,非常认真地分析自己。而在这份分析中,他越来越惶惑,越来越惭愧,越来越寒瑟了。"除非你对那女孩认了真,否则,你没有权利去碰她,哪怕是仅仅一吻,也是对她的侮辱和玩弄!"他自问着、自审着,他的自我,分成了两个,一个在审判自己,一个在辩护自己。

辩护?他根本没有什么理由可以为自己辩护。当天色蒙蒙亮的时候,他才悚然而惊,他吓走了佩吟!他"赶"走了她！以后，她不会再来了。因为她自尊、自重、自爱而且自卑。他伤害她了！除非，他能重新来面对这件事，去请她回来，不是当纤纤的家教，而是——当纤纤的后母。

这念头使他吓了一跳，多年以来的单身生活，他已经过得那么习惯、那么逍遥、那么自在。他没有妻子的拘束，却能享受各种女性的温柔。如果他"认真"到这种地步，他就是要把这些年的自由生活做一个总结束！佩吟，她只是个年轻的小女子，一个单纯的中学教员，她和他根本属于两个世界，而且，他认识她的时间也太短，做这样的"决定"未免太早、太草率、太不智了！

他再燃了一支烟，桌上的烟灰缸里已堆满了烟蒂，他站起身来，开始在房间里踱着步子，心思越来越混沌不清了。然后，他听到房子里有了动静，吴妈起来打扫房间了。接着，是赵老太太——他的母亲，纤纤的奶奶——在和吴妈有问有答。然后，楼梯上响起脚步声，纤纤下楼了，她那娇嫩的声音，在大厅中响着："奶奶，你昨晚有没有看到韩老师？"

"没有呀！老刘不是开车去接她了吗？"

"是呀！老刘把她接来了，她要我在楼上等她，可是，后来她没有上来，我不知道……"纤纤的声音忧愁而担心，"是不是我做错了什么？"

"你的书背出来了吗？"奶奶问，"准是你又背不出书，又没把韩老师留的功课做完，惹韩老师生气了。"

"唉唉！"纤纤又习惯性地叹气了，"那些书好难好难呀！奶奶，你不知道，古时候的人说话跟我们不一样，他们咬着舌头说!"

"怎么咬着舌头说呢?"奶奶不懂。

"好好儿的一句话,他们就要之呀也呀乎呀地来上一大堆,我怎么也弄不清楚,就只好'嗟哉'了!"

"什么'嗟哉'呀?"奶奶糊涂了。

"嗟哉是古时候的人叹气呀!"纤纤天真地说,"您瞧,奶奶,他们叹气叫'嗟哉',要不就'嗟乎',要不就'于戏'……我听起来,好像是黑小子生气的时候打喉咙里发的声音,大概古时候的人还不怎么开化……"

"当然哪!"奶奶接了口,"古时候的人,在画本上都是半人半兽的,他们还吃生肉,住山洞哪!说的话当然跟我们现在不同呀……"

要命! 赵自耕又好气又好笑,这一老一小非把人气死不可! 他走往门边去,又听到奶奶在发表意见了:"你爹就要你去大学里学这些古人说话吗?"

"是呀! 韩老师说,中文系里念的东西都是这样的! 唉唉,等我考上大学的时候,我大概已经'呜呼'了!"

"什么'呜呼'呀? 你这孩子,怎么说的话我全听不懂呢?"

"呜呼就是死掉了!"

"呸呸呸!"老奶奶连呸了好几声,"一大清早,死呀活的,也不忌讳! 你如果念了大学,就学得这样说胡话,我看你还不如在家种种花儿,养养鸟儿算了。赶明儿嫁了人,还不是管家抱孩子,念那么多书干什么?"

"奶奶!"纤纤撒娇地,"您说些什么,我才不要嫁人呢!"

"不要嫁才怪呢！"奶奶笑嘻嘻地说，"哪有女孩子不出嫁的呢！出嫁是理所当然的事呀！你爹是昏了头了，他的毛病就是没儿子，把你当儿子待了。他聪明点的话，也不用要你去念书，正经点该给你找个男朋友。他自己也该趁年轻，再娶一个，我还想抱孙子呢！"

"奶奶，"纤纤轻笑着，低声说，"我听苏慕南说，爸爸在外面有女朋友！"

"哦？"奶奶的兴趣全来了，"真的还是假的？赶快叫苏慕南来，让我问问他……"

胡闹，越弄越麻烦了。赵自耕立即打开房门，一步就跨了出去。他这一出现，把奶奶、纤纤和吴妈都吓了好大一跳。奶奶直用手拍胸脯，嚷着说："你怎么起这么早，躲在这儿吓人！"

"妈，"赵自耕似笑非笑地看着母亲，"您少听别人胡说八道吧！"他转头望着纤纤，命令似的说："纤纤，你进书房里来，我有话要和你谈！"纤纤有些心虚，在背后批评爸爸，乱发议论，这下好了！全给爸爸听去了。她求救地看了奶奶一眼。

"自耕，"奶奶果然挺身而出了，"我和纤纤说闲话儿，你可别去找她麻烦！"

"您放心吧！"赵自耕又好气又好笑，"有您护着她，我还敢找她麻烦吗？"他再看了纤纤一眼："进来吧！"

纤纤低垂着头，用她那细小的牙齿，轻咬着下嘴唇，一副"犯了罪"的可怜兮兮相。她慢吞吞地跟着父亲，"挨"进了书房。一股香烟味对她扑鼻而来,她不由自主地抬起头,就一眼看到,满屋子的烟雾腾腾,而在那氤氲的烟气中,桌上,一盆"雁来红"和一盆"金盏花"都显得有些憔悴了。她惊呼了一声,就径直走过去,低头察看那两盆植物,喃喃地问:"爸,你把它们搬进来干吗?它们要露水来滋润,你用烟熏它们,它们就会枯萎的。"

赵自耕关上了房门,回到书桌前面来,他在自己的椅子里坐下,深深地凝视纤纤和那两盆植物。

"这是你那位韩老师昨晚搬进来的!"他说。

"哦?"纤纤睁大了眼睛,困惑地看着父亲。

"你昨晚是不是在我窗外看到了?"

"没有呀,我在楼上等韩老师,她没有来。"她不安地扭动着腰肢,用手指在花盆上划着,嘴里哼哼般地低问,"你是不是把韩老师辞掉了?其实,韩老师教得很好,她对我好有耐心好有耐心,她比魏老师好多了。魏老师常骂我笨,韩老师从不骂我,反而总是原谅我、安慰我,叫我别急,慢慢来。其实,"她抬起那长长的睫毛,直望着父亲,"是我不好,我念呀念的,就是记不住那些东西。韩老师也没办法呀,她不能代我念呀!爸,"她小心翼翼地、担心地、忧愁地问,"是不是你怪她了,骂她了,所以她不教我了?"

"咳!"赵自耕轻咳了一声,有些惭愧,他几乎不敢正对纤纤那对黑白分明的大眼睛。"不,没有。"他说,沉吟着,不自禁地又燃起一支烟。纤纤慌忙走到窗前去,打开了窗子,她跑回来,把那两盆花全搬到窗子外面的窗台上去放着。放好了,她再细心地拉好窗子。

他点点头,深思地看着这一切,想着佩吟说的话,他更加惭愧了,他对纤纤的了解,显然没有佩吟来得多。

"纤纤,"他柔声说,"你很喜欢韩老师吗?"

"是的。"纤纤坦白而真诚地说,"从小,你就帮我请家庭教师,但是没有一个像韩老师这样的。她……她和别的老师都不同,她……她好像并不完全在教我书,她……她也了解我、疼我。当我背不出书来的时候,她总是说:'不怪你,这对你太难了。'她了解我!真的!"她微微皱起眉头,思索着该用怎样的句子来解释,她终于想出来了:"可以这样说,一般老师都用'知识'来教我,韩老师是用'心'来教我!"她的脸上闪着光彩:"爸爸,她很好,真的!"

赵自耕动容地注视着女儿,这篇话使他惊悸而感动。

"你知道吗?她昨晚来看我,帮你求情。"

"哦?"纤纤疑问地应了一声。

"她说,大学里没有你可以学的东西,她认为你根本不用考大学。"

"哦?"纤纤的眼睛更亮了,她热切地看着父亲,"怎样呢?怎样呢?"她急促地追问着。

"所以,"赵自耕粗声说,"韩老师不再教你了,魏老师也不用来了,你不需要考大学了。只是,听着!我发现我们竹林后面那块草地太荒芜了,我把它交给,你既然从此不念书,也不能就这样闲着,你给我……"他扫了窗台一眼,顺口说,"去把那片草地变成一个花园,要把花朵培养得又大又好,不能瘦津津的!"

纤纤不能呼吸了,她屏息地站在那儿,眼睛睁得又圆又大,闪耀着那样美丽的光彩,使她整个脸庞都发亮了。她似乎不太能相信这个好消息,站在那儿,她只是睁大了眼睛,又惊又喜又怀疑地瞪视着父亲。

"你听清楚了吗?"赵自耕不能不大声地重复了一句,"大学,是饶了你了!谁让我生了你这个小笨丫头!可是,花园是交给你啦!"纤纤终于相信了。她张开嘴,轻轻地呼叫了一声,就一下子扑奔过来,用胳膊紧紧地、紧紧地抱住了赵自耕的脖子,把面颊贴在赵自耕的面颊上。她那娇嫩、柔细而光滑的肌肤引起他一阵强烈的感动。纤纤,他那娇娇柔柔的小女儿,有多久没有这样亲近过他了。然后,纤纤抬起头来了,她那美丽的大眼睛里竟含满了泪水,而唇边带着个甜蜜的笑。她注视着父亲,似乎实在不知道该怎样来表现她的欢乐,终于,她开始一连串地轻呼着:"爸爸,我爱你,我爱你,我爱你,我爱你……"

她不知道叫了多少个"我爱你",在赵自耕满怀激荡的时候,她又闪电般在父亲面颊上印下一吻,然后,她翻转身子,像一只穿花蝴蝶般,翩翩着飞出了书房。立即,赵自耕听到她在又哭又笑地宣布着:"奶奶!奶奶!爸爸说我不用考大学了!我不会再落榜了,我也不用去念那些呜呼哀哉了!"

赵自耕惊奇地深靠进椅子中,原来,她居然如此"害怕"考大学,"不愿"考大学,"怀恨"考大学……他想起几个月前,佩吟就对他说过的话:"……虽然她不爱读书,她仍然为你去读，虽然她不想考大学，她仍然为你去考。她有很完整的自我，却要为你去放弃自我……"佩吟，佩吟，佩吟……他的心在低唤了，那个"人比黄花瘦"的小女人……她能看进人类内心深处的东西，而他，他这个"自命不凡"的大律师，办过那么多案子，见过那么多世面，面对过那么多钩心斗角的问题，经历过那么多大风大浪的事件……结果，他居然赶不上那个小女人；他无法透视人心！佩吟，佩吟，佩吟……他的心在低唤了。很快地，他打开记事簿，找出佩吟的资料，还有，她家居然有电话，他想，她很可能穷得连电话都没有。拨了两个号码，他又怔住了，他要在电话里说什么？经过了昨晚那种事，他预备在电话里对她怎么说呢？挂上电话，他很快地站起身来，穿上西装外套，他一面走出去，一面一迭连声地叫老刘。

苏慕南先赶来了。平日，赵自耕上班的时候，苏慕南虽然自己也有车，但是却常常和赵自耕同车去办事处，因为赵自耕连车上的时间都要利用，常常要交代许多事情。今天，赵自耕却匆匆对苏慕南说："你自己开车去办公室吧，不要等我，你先把人寿公司那件案子拿出来研究研究，我不一定几点钟来，如果有人找我，你录上音等我来处理吧！"

苏慕南点点头，没多说什么，他注意到，平日那么爱整齐与修饰的赵自耕，甚至没有刮胡子。

第五章

二十分钟后,赵自耕的私家车已经停在韩家门口了。

赵自耕下了车,他打量着这幢日式房子,在目前,这种日式房子已不多了,当然,即使是仅余的日式房子,也都只保存着日式的外壳,里面的纸门和榻榻米,是老早就被木门和地板所取代了。他整了整领带,不知怎的,竟有些紧张,若干年来,即使辩论最大的案子,走上法庭,他也没有这样紧张过。他伸手按了门铃,一面看看手表,才七点二十分,他似乎来得太早了。一阵细碎的脚步声从花园里传来,接着,门开了,站在门口的,竟是佩吟自己,她穿着一件简单的格子衬衫,一条牛仔裤,卷着左手腕的袖子,她正一面包扎着手腕上的绷带,一面头也不抬地在交代:"阿巴桑,拜托你煮点稀饭,剥两个皮蛋……"

她蓦地住了口,因为,她发现挺立在门口的,并不是来上班的阿巴桑,而是赵自耕!她用右手握着绷带的顶端,整个人都呆住了。

"佩吟,"他低唤了一声,不知何故,整个心脏都在擂鼓似的跳动。他盯着她,她面色不好,憔悴而苍白!眼神疲倦,眼睛周围,有着淡淡的黑圈,难道,她也一夜没有睡觉?他不自禁地望向她的手臂,那层层包扎的纱布引起了他的注意,怪不得这么热的天她总穿长袖衬衫,原来她受了伤!什么伤?怎么受的?他疑惑地看她,不由自主地伸出手去。"让我帮你系好吗?"他柔声问,注意到她单手包扎的狼狈了。

她没说话,只被动地把绷带递给他。他为她扎紧,用分岔的两端打上了结,她收回手去,默默地放下衣袖,扣上扣子,遮住了纱布。他们两个都没再说什么,好像他是特地来为她包扎伤口似的。空气僵了好一会儿,然后,他"鼓勇"说:"你早上有课吗?""是的。""几节课?""四节。""下午呢?""没有了。""我送你去学校,好吗?"他问。

她迟疑着。"我有些话必须要和你谈,"他很快地说,"我承认了你的看法,今天早上,我已经告诉了纤纤,她不必考大学了。"

"哦?"她的眼光闪亮了一下。有个微笑竟漾在她唇边了。"你是来通知我,不必给纤纤补课了?"她问。

他怔了怔,老实说,他根本没想到这问题。

"佩吟!佩吟!"韩永修在屋内喊,"是阿巴桑来了吗?"

佩吟一愣,喊了一句:"噢,不是的!"她看着赵自耕,一时间,不知道要不要请赵自耕进去坐坐,见见父亲。但是,她想起家里的寒碜,想起母亲可能衣衫不整地跑出来胡说八道，想起上课的时间快到了，又想起……有这份必要吗？赵自耕，他只是来辞退一个家庭教师的！你不要胡思乱想吧！她用手掠了掠头发，很快地说："好吧，你送我去学校，我进去拿一下课本。"

她拿了课本，然后，她和他并坐在那部"奔驰"车的后座了。这是种奇妙的感觉，平常老刘开车来接她上课，她总喜欢坐在前座和老刘谈谈天，也看看车前的风景。现在，她坐在后座，赵自耕坐在她身边，她不能不想起昨晚那一吻，忽然间，她就觉得局促、不安、惶惑、迷惘而紧张起来。如果他提到昨晚，她要怎么回答？她逃开了，像个受惊的小动物般逃开了。他一定以为她很驴、很笨、很不解风情，或者，他以为她是故作清高的、矫情的。

"你的手怎么会弄伤了？"他忽然开了口，很温柔，很关怀，却完全没有提到昨晚。

"哦，是妈妈。"她仓促地回答，几乎没有经过思想，"她打碎了热水瓶，我又正好跌在热水瓶的碎片上。"

"哦？"他紧盯着她，非常关心地，"很严重吗？"

"缝了十一针。"她轻声说，"医生说会留一条很难看的疤，因为……"她迎视他，在他那温存的、怜恤的注视下，几乎是心疼地注视下融化了。"因为……"她讷讷地说着，"我没有好好休息，伤口……已经……已经发炎了。医生说……医生说……"她没有说完她的话，因为他的头俯了下来，盖在她的唇上了。她又有那种晕眩而昏乱的感觉，她又不能呼吸了，不能思想了，不能移动了……她又在回应他，本能地回应他，她几乎可以听到自己的心跳声，怦怦怦怦……地响着。他的头抬起来了，他的眼睛亮晶晶地停驻在她脸上，他的手捧着她的脸庞，他用大拇指轻轻抚摸着她的下巴。

"中午我来接你去吃午餐，"他说，声调很温柔，却很肯定，习惯性地，用他那种半命令的语气，"然后，我们去一家大医院，好好地检查一下你的伤口。"

她凝视他。他知道她无法抗拒他的！她想。他知道当他要一个女人的时候，这个女人就是他瓮中之鳖了。他甚至不避讳老刘，而老刘也居然镇静如常，想来，他在车中吻女孩子，也是家常便饭了。她咬咬嘴唇，她很生气，她生自己的气，为什么对他如此坦白？为什么要说起受伤的真相？为什么要博取他的同情？她有没有要博取他的同情呢？是的，她内心深处有个小声音在答复着：是的，她是的。

车子停了，停在她的校门口。"就这么说定了。"他说，"你几点钟下课？"

"十二点。"她虚弱地回答。

"那么，就十二点整，我的车子会停在这儿。"

哦，不行！她忽然想起虞颂超，颂超说好来接她的。说好陪她去换药的……而且，你不要像个小傻瓜吧！你不要以为你是被王子看中的灰姑娘吧！你昨晚可以毅然逃开，今天却要俯首称臣了？"不行！"她说了，声音冷冰冰的，空荡荡的，"中午我有约会。"

"有约会？"他锐利地看她，不相信地，"什么约会？"

他以为我在撒谎。她想。他以为我是没有人要的。他以为我早已被男友遗弃,他以为我是个寂寞的老处女,他以为只要他一伸小指头,我就会倒到他怀里去,他以为他魅力无边,有钱、有势,又是个美男子……

"他叫虞颂超!"她冲口而出,完全没有理由要说得这么详细,"他在中台建筑公司当工程师,是虞无咎的儿子……他会来接我,去吃饭,和——看医生。"

他死命盯着她,他的眼神古怪。

"是吗?"他哼着问,"虞无咎?我认识他,他的儿子好像只是个孩子。"

"对你或者是,对我不是。"她挺直了背脊,"他大学都毕业了,受完军训了,他已经二十四岁了!"

赵自耕狠狠地咬了一下牙,原来如此!怪不得她要逃开他,怪不得她要拒绝他!二十四岁,二十四岁距离他已经很遥远,他刚好是二十四倒过来写的年龄,四十二岁!你有什么能力去和小伙子竞争?难道你还以为自己是翩翩美少年吗?他一下子打开了车门。"那么,再见!"他僵硬地说。声音里,不由自主地带着神气乎乎的味道。她跨下了车子,回头看了他一眼,似乎想说什么,他砰然一声,就重重地关上了车门,对老刘大声地交代:"去办公室!"

车子呼的一声往前冲去,他下意识地再抬头从车窗里向外望。她并没有走进校门,站在那儿,她对他的车子若有所思地凝视着。她那瘦削的面庞,那修长的身子,那件浅黄格子布的衬衫,那随风飘荡的长发……她像他窗台上那盆袅袅婷婷的金盏花……车子开远了,金盏花不见了。他咬紧牙关,靠进坐垫里。去他的金盏花!他愤愤地想。她没有露露的明艳,没有云娥的娇媚,更没有琳达那种撩人的风韵……她瘦瘦干干的,既不美又不风流……他拍拍前座,大声说:"不去办公室了,去莲园!"

车子呼的一声,急转弯,转了一个方向。

他仍然咬紧牙关,愤愤不平地想着:她只是个女教员,她自以为了不起!那么高傲,那么自信,那么咄咄逼人!那么不肯屈服,那么带着浑身的刺,去他的金盏花!她像一朵高砂蓟!高砂蓟,这名字好像是纤纤告诉他的,一种全是针刺状的花朵,只因为那花特别古怪,他才记住了这个古怪的名字。纤纤,他想起纤纤早上说的话了:"一般老师是用'知识'来教我,韩老师是用'心'来教我!"他一怔,拍了拍前座,他叹口气,嗒然若失地说:"老刘,还是去办公室吧!"

车子再度转了方向。

虞颂超买了一辆新车子,不是摩托车,而是一辆福特的"跑天下"。这辆车是由大姐颂萍、二姐颂蕙和母亲虞太太凑出私房钱来代他买的。本来,依大姐夫黎鹏远的意思,要么就不买,要买就买好一点的。福特新出产的"千里马",应该比"跑天下"要好得多,但是,虞颂超一本正经地说:"拿你们的钱买汽车,我已经够窝囊了,还坐什么好车呢?这买车的钱,算我借的,只要我的设计图被采用,我就有一笔很大的奖金,那时我就可以把钱还你们了。所以,千万别买贵车,本人穷得很,还不起!"

"算了！算了！"大姐颂萍叫着说，"既然帮你买车，谁还存着念头要你还！你也别以为我们是宠你，说真的，还不是看在妈妈面子上。你每天骑着摩托车，像敢死队似的在外面冲锋陷阵，妈妈就在家里大念阿弥陀佛，你晚回家一分钟，妈连脖子都伸长了。现在，幸好你的摩托车丢了，干脆咱们送你一辆跑天下，你如果体谅我们的好意，孝顺妈妈只有你这一个宝贝儿子，你就别开快车，处处小心，也就行了！"

虞颂超对大姐伸伸舌头。

"这么说起来，这辆车不是帮我买的，是帮妈妈买的！那么，将来也不用我还钱，也不用我领情了。早知道与我无关，我应该要一辆野马的！"

"要野马？"二姐颂蘅笑骂着，"我看你还要'奔驰'呢！"

奔驰？虞颂超怔了怔。

"不不，我不要奔驰，开奔驰的都是些达官显要，也都是些老头子，用司机来驾驶，如果我开奔驰，别人准把我看成汽车司机！"

小妹颂蕊对他从头到脚看了一遍。"说真的，你还真像一个汽车司机！"颂蕊笑着说。

"去你的！"颂超骂着。

"别开玩笑了，"颂萍说，"车子是取来了，你到底有没有驾驶执照？"

"怎么没有？"颂超从皮夹里取出驾驶执照来，"你忘了？大三那年就考取执照了，爸说不许买车，还闹了个天翻地覆呢！"

"爸爸是好意，怕你养成公子哥儿的习气！"颂薇说，"哪有大学生就有私家车的！"

"哼！"颂蕊打鼻子里哼了一声，"你以为他现在就不是公子哥儿了吗？还不是大少爷一个！"

"哟！"颂超叫了一声，走过去，把妹妹的短发乱揉了一阵，"你不要吃醋，等我赚够了钱，我也买辆车送你！"

"算了！你自己的车子还要靠姐姐……"

"所以，你的车子一定要靠哥哥！"颂超一本正经地打断她。颂萍和颂薇忍不住笑了出来。这是星期天，她们姐妹俩约好了回娘家。顺便，黎鹏远就把那辆"跑天下"开了过来，移交给颂超。颂超虽然心里有点惭愧，但是，喜悦的感觉仍然把惭愧的情绪赶到了九霄云外。一个上午，他已经驾着车子，在门口的大街小巷里兜了十几二十个圈子了。现在，刚刚吃过午餐，他的心又在飞跃了，只想开车出去，去找佩吟，带她去兜风。但是，他又怕佩吟的"道貌岸然"，她一定不会赞成他接受姐姐们如此厚重的馈赠。佩吟，他不自禁地想着，似乎好久没有看到佩吟了，没有摩托车，什么都不方便！真因为没车的原因吗？他怔了怔，想着佩吟，那是个矛盾的女人，有女性本能的柔弱，惹人怜惜，引人心动，却也有另一种少有的刚强和高贵，使人在她的面前显得渺小、显得幼稚。

正当他在犹豫的时候，门铃响了，春梅跑进来报告："三少爷，那个有黑人头的女孩子又来找你了！"

维珍！他的心顿时扬起一片欢愉，如果要开车带女孩子兜风，还有谁比维珍更合适呢？她艳丽，她明媚，她洒脱，她野性，她还有最大的一项优点，无论你做出多么荒谬的事情来，她永远不会对你泼冷水！

于是，这天午后，他就驾着车，带维珍直驰往郊外去了。

维珍今天打扮得非常出色，她穿了件最流行的露肩装，大红色的上衣，只在肩上有两条窄得不能再窄的带子，露出了整个肩膀和颈项。每当她弯腰或低俯身子的时候，那胸前的小沟就隐约可见。她穿了条同色的裙子，料子很薄，没有衬里，风吹过去，就整个裹在身上，说不出的诱人，说不出的性感。性感，是的，维珍是极端性感的，性感加上青春，再加上美丽，她是不折不扣的小尤物！使人想起年轻时的碧姬·芭铎和伊薇特·米米亚克斯。

"噢！太好了！"她坐在车子里，大开着车窗，迎着一车的风，她那满头的小卷卷全在风中颤动，她的眼睛闪烁着光彩，声音清脆如一串风铃的叮当，"颂超！你太棒了！我不知道你还会开车，又开得这么好！噢，颂超，我们开到福隆去好吗？"

"福隆？"他一怔。

"福隆海滨浴场呀！刚刚开放，人一定不会很多，我们游泳去！"

"怎么走法？"他问，"我还是读大学的时候去露过营，坐火车去的，可没开车去过！"

"你可以走北宜公路，"维珍说，"先到宜兰，再转过去，这条路比较好走。"

"现在已经两点钟了，"颂超隐隐觉得有些不安，"要开多久的车才能到？今晚赶得回来吗？而且……我们也没带游泳衣！"

"哎呀！"维珍甜腻腻地叫着，"你能不能洒脱一点？游泳衣到福隆再买就是了，那儿整条街都在卖游泳衣。至于时间嘛……"她一直腻到颂超的身上去，嘴对着颂超的耳朵吹气，吹得他浑身痒酥酥的。她压低了声音，细细柔柔地问："是不是还离不开妈妈？你爸妈限定了你回家的时间吗？回去晚了要挨打手心吗？"

笑话！他男子汉大丈夫，已经当工程师了，难道还要拴在父母的腰带上？他挺直了背脊，加足了油门，把车子转往北新公路，再转往北宜公路。"好！我们去福隆！"他大声地说。

"啊哈！"她笑着，满面春风，"太好了！这种热天，我就想到海水里去泡个痛快！"她的手软软地搭在他肩上，轻叹着："你真好！你真好！"她用手指滑过他的鼻梁，害他差点把车开到电线杆上去。"你知道吗？"她说，"你的鼻梁好挺，好漂亮，像保罗·纽曼，我从十四岁，就爱上保罗·纽曼了！"

他的心又轻飘飘了。和维珍在一起，他总觉得轻飘飘的，像沐浴在一片春风里。"我二姐说我很丑，"他笑着说，"她说我的嘴巴太大了。"

"男孩子嘴巴大才漂亮呢！"维珍振振有词地。"又不是女孩子，要樱桃小口！男儿嘴大吃四方。何况，你看那些男明星，哪一个嘴巴不大？我就喜欢你的嘴巴，"她正视他，诚恳而真挚地说，"你的嘴很性感。"

他一愣。从没有人对他说过这种话，他转开眼光来看她，她那魅力十足的眸子正定定地停在他脸上，里面闪着温柔的光芒，像夜色里的两点萤火，是温馨的、幽丽的，而略带着神秘意味，竟引起他一阵遐思绮想。

车子开上了回旋的山路，他开车的技术并不熟练，他不敢再胡思乱想，也不敢再去研究她眼底的神秘了。她也不再招惹他，靠在椅垫中，她开始轻轻地哼起歌来。她曾当过一段时间的歌星，虽然不像一般红歌星那样，有很好的歌喉。她的歌声和一般人比起来，仍然是相当动听的。她的特色是柔媚而略带磁性，有些嗲，却并不肉麻。她在反复地低唱着：

我等过多少黄昏，
我等过多少清晨，别问我为何虚度青春。
只为——只为了——我从没有遇到一个——
像你这样的人。
……

他一面开着车，一面捕捉着她的音浪。他忘了时间，也忘了很多事，在这一瞬间，他只有香车和美人。他开着车，左一个弯，右一个弯，行行重行行，上了坡，又开始下坡，行行重行行。车子经过了宜兰，就开始沿着海岸行驶了，海面一望无际，阳光在海面上闪出了点点光华，海水扑打着海边的岩石。惊涛拍岸，卷起千堆雪。维珍停止了唱歌，她伸展四肢，高兴地、热烈地轻喊着："海海海！多么漂亮的海呀！多么漂亮的阳光呀！多么漂亮的岩石呀！多么漂亮的沙滩呀！"

她讲得怪流利的，他不自禁看了她一眼，心里模糊地想，不知道这是不是她演过的戏里的台词。

终于，他们到了福隆，已经是下午五点钟。

海边的阳光仍然很大，他们买了游泳衣，到了海滨浴场。换上泳衣，颂超望着她，不禁呆了。她买了件好简单的三点式泳衣，全黑色的，很廉价的。可是，她那诱人的胴体，却在那泳衣下一览无遗。那美好的乳沟，那细小的腰肢，那挺秀的胸脯，那修长而亭匀的腿……他瞪大了眼睛，看呆了。"游泳去呀！傻瓜！"她拉着他的手，奔向那辽阔的大海，"你不要这样瞪着我看，好像你从没见过女人！"

他回过神来，领悟到自己的失态了，可是，当他和她的眼光接触时，他知道，她正在享受他的"失态"。他们手把手地奔进了海水里，一个海浪正好对他们涌来，把他们送上了波峰，又一下子卷过去，淹没了他们，他们摔倒在水中，浪退下去了，他们双双站起来，浑身滴着水，头发都湿了，两人对望着，翻天覆地地大笑起来。浪又来了，他们随着浪的波动而跳跃，她站不稳，跌进了他的怀里，他慌忙抱住她，他的手碰到了她那柔软而性感的胸部，他觉得有股热浪在自己身体中奔窜起来。他立即放开她，一翻身仰泳了出去，像一条矫健的鱼，在浪花中一下子蹿了好远好远。

他游着，从仰泳一变而为蛙式、自由式，他用双腿用力地打着水，海水被他扑打得飞溅起来。越游越远，他越游越漂亮,他那健康的皮肤被阳光晒得发亮。

她站在水中,惊愕地看着他,开始大声地叫嚷:"颂超!不要游太远!你怎么不管我啦!"

他游过来,游到她身边,站起来看着她。

"你怎么不游?"他问。

"我根本不会游,我只会玩水!"她说。

"哈!那你还闹着要游泳?"

"你怎么可能游得那么好?"她又惊又佩又羡慕,"你教我好不好?"他在她的惊佩下变得更矫健了、更敏捷了、更男性了。他开始教她,半认真半不认真地教。她也开始学,半认真半不认真地学。她的身子柔柔软软地躺在他的胳膊中,每一个蠕动都会引起他一阵心跳。然后,太阳开始沉落了,夕阳的余晖把海水染红了,管理员开始吹起哨子,要大家上岸去。

"怎么?"颂超惊愕地说,"这么快就不能游啦!"

"太阳说下去就下去。"维珍走上岸来,她的手仍然紧握着颂超的手,"天马上就要黑了。"

"糟糕!"颂超的理智回来了,"我们还要开车回台北呢!必须马上动身了。"

"让我告诉你,好不好?"维珍的一双手,软绵绵地环抱住了颂超的腰,她的面颊离他只有一尺远,她那起伏的胸膛在他眼前波动,像海浪,要卷拥他,要吞噬他,要眩惑他。她的声音很温柔,很甜蜜,很悦耳,很轻盈。"我们今天回不去了。"

"怎么回不去了?"他不解地。

"那条北宜公路,到晚上非常危险,没有路灯,全是连续弯路。而且很多大卡车,利用夜里运货,这是肇事率最高的一条路。你还是刚开车,冒这种险,是很犯不着的。说实话,我不敢让你这么晚开车回去。"

"不回去怎么办?"他有点急,"明天我还要上班,而且,家里会急死,准以为我第一天开车就出车祸了。你不知道我妈,她真会到警察局去报失踪的!"

"你不会打电话回去吗?这儿可以打长途电话到台北,告诉他们你在福隆,告诉他们你赶不回去了,让他们帮你明天请一天假,这不是很简单吗?"她镇静地说,凝视着他的眼睛,"我相信,假若你妈知道你要在黑夜里开四小时的回旋山路,她一定宁愿你留在福隆过夜。"

"哦!"他傻傻地应着,傻傻地望着她,"可是,我们住在哪儿?"

"这里有铁路局办的旅馆,有那种独栋的小别墅,我们去租一栋。"她柔声说,忽然抬了抬睫毛,眼珠闪亮。"你看过渔火吗?"她问。

"渔火?"他愣头愣脑地重复着,心里还在考虑要不要开车回台北的问题。

"福隆是个渔港,渔船都在晚上出海,他们利用一种强光灯来吸引鱼群。所以,到了晚上,你可以看到海面上无数盏小灯,像天上的星星一样,一闪一闪的,数都数不清有多少,美得像一幅画。"

"是吗?"他盯着她。

"是的。你不相信,今晚就可以看到。"

"好吧!"他拉住她的手,理智已经飞走了,"我们去订旅馆、打电话。"半小时以后,他已经和家里通过了电话,也租到了旅馆。那旅馆是单独的一栋栋小屋,建在小小的、稀疏的树林里。他拿了钥匙,走了进去,才微微地一怔,原以为这种独幢小屋,里面一定有两间以上的卧房,谁知却只有一间屋子,两张床和一间浴室。他发了一会儿呆,才说:"我去帮你另外订一间。"

"啊呀,你省省吧!"维珍往床上一坐,瞪着他,"你要我一个人住一幢这种房子吗?我不敢。你听外面的风声、树声、海浪声……老实说,我会吓死,我怕鬼。"

他望着她,有些束手无策。

"那要,那么,那么……"他喃喃地说着,用手抓抓头,心想,自己一定是"驴"得厉害。

"不要烦了,"她站起身来,像安慰孩子似的拍了拍他的肩,"这儿不是有两张床吗?我们一人睡一张。"她深深地凝视他:"我信任你。"他不说话了,眼睛仍然瞪着她,她还穿着那身"性感"得"要命"的游泳衣。你信任我,他想,我自己还不知道能不能信任自己呢!"拜托,你去车上把我们的衣服都拿进来,好吗?"她说,"我满身都是海水的咸味,我必须洗个澡。"

他被提醒了,这才觉得自己像个呆瓜。他走出去了,发现车子可以直接停到这小屋门口来,他就去把车子开了过来,再把车子中两个人的衣服都拿进小屋里。一进小屋,他就又愣了愣,听到浴室里水声哗啦啦地响着,看到床上抛着的黑色比基尼泳衣。原来她已经在洗澡了。他关上房门,下意识地拉好窗帘,听着水声淙淙中夹杂着她的歌声,她在细声细气地唱着一支英文歌:

当我还是个小小孩,我曾经在门口独自徘徊,
那天有个骑马的人经过,
他问我在等待着什么?
如果我觉得孤单,马背上容得下人儿两个!
我跟着他骑上马背,就这样走遍东西南北!
有一天他独自离去,让我在房里暗暗哭泣……

他呆站在房里,倾听着这支古怪的歌,倾听着那莲蓬头喷出的水声,心里不由自主地在想象各种镜头,全是她在浴室里的情况。然后,歌声停了,她在浴室里喊:"颂超,你在外面吗?"

他一惊,像做了什么坏事被发现了似的,脸就涨红了。他慌忙一迭连声地说:"在,在,在。我把——把——把你的衣服拿来了!"他说得结结巴巴,因为,他忽然想起,自己是不是要把衣服送进去,还是等她出来穿?

"噢!"她应了一声,立刻,那浴室的拉门哗的一声拉开了,她大大方方地走了出来。他睁大眼睛,看到她裹着一条浴巾,头发水淋淋的还在滴水,那浴巾很薄,也不够大,遮

得了下面就遮不住上面。她整个胴体,在这半遮半掩下,竟比全裸还来得诱惑。他目不转睛地看着,心在狂跳,而喉咙里却又干又涩。"哎,"她微笑地看他,伸手摸摸他的头发,她这一伸手,那浴巾又向下滑了几分,她笑着说:"你的头发里全是沙,还不快去洗个澡!""哦,是的,是的。"他应着,心想,自己总不能学她这样脱了泳衣进浴室。也不敢裹着浴巾出来,他咬牙切齿地暗骂自己是"胆小鬼",却一把抱住自己的衬衫、长裤,往浴室里走去。"喂喂,你干吗?"她叫住了他,"你抱那些衣服进去,预备放在什么地方?"他伸头一看,才发现浴室小得只有一个水泥槽,上面是莲蓬头,四面既无椅子也无衣钩,根本没地方放衣服,而且,那仅有的一块浴巾,已经在她身上。

"你进去洗吧!"她说,"洗好了叫我一声,我把毛巾从门缝里递给你,好吗?"他点点头,傻呵呵地再把手里的衣服放在床上,然后,穿着游泳裤走进了浴室,打开莲蓬头,他一面洗澡洗头,一面就克制不住自己那疯狂般的杂思绮念。他拼命洗,拼命洗,觉得把皮都洗掉了,然后,他听到她在叫:"颂超,你到底要洗多久?"

"噢,好了,好了!"他慌忙说。

门被拉开了一条小缝,她把浴巾递了进来,他接过浴巾,把下身层层包裹,可惜,那浴巾实在太薄太小,他抓住腰间的接头处,觉得毫无安全感。走出浴室,他发现她根本没穿衣服,已经钻到毛巾被里去了。

"对不起,我想睡一睡,我好困好困。"她说。

他盯着她,盯着那条毛巾被,这是夏天,虽然屋里有冷气,性能却并不十分好,小屋里仍然热得厉害,那毛巾被下,她的身体曲线玲珑,她的腿由于怕热,仍然露在被外,毛巾被的颜色是红的,她的大腿却白皙而丰满。

他咽了一口口水,走过去,坐在自己的床上,两张床中间大概只有一尺距离,她用手托着头,裸露着整个胳膊和肩膀。她瞅着他,眼光有点迷迷蒙蒙的、媚媚的、柔柔的、水水的。女人是水做的。"你——想——干什么?"她喃喃地低问着。

他的眼光发直。伸出手去,他怯怯地碰她的肩膀,她的颈项,她那光滑的肌肤。她也伸过手来,钩住了他的脖子,他不能不移过去,坐到她的床上,她拉下他的头,于是,他的嘴唇就压在她的唇上了。两个人之间的毛巾都在往下滑,他喘息着,背脊上冒着汗,身体里像燃着火,无数的火焰,要冲出去,冲出去,冲出去……"你有——经验吗?"她悄声低问。

他的脸涨红了,耻于承认没有。甚至于,也忘了反问一句,她有没有经验?本能告诉他,她既然问得出这句话来,她一定是有了。"你——没有?"她低叹着,试着要推开他。她扭动着身子,要逃避,要闪开,她的扭动使他更加发狂了。"你该保持它!"她说,"你该珍惜它!现在,像你这样的男人已经不多了。你该保持到你结婚的时候!请你……不要……"她拼命扭动身子。太迟了,宝贝。他用力拉开了两人间的障碍物。太迟了,太迟了。他摸索着她,探索着一个神秘的快乐之泉……他听到窗外的树声，风声，海浪声。海浪涌了上来，卷裹他，逢迎他，吞噬他……

凌晨，佩吟睡得很不安宁、很不沉稳，她一直在做梦，母亲、父亲、弟弟、医生……的脸交替在她面前出现，她似乎又回到了六年前，钟医生在和他们研究是不是要开刀，母亲反对，父亲拿不出主意，只有她赞成，因为，她知道，不开刀弟弟也会被癌细胞蚕食而死，开刀还有一线希望。她赞成、赞成……弟弟没有从手术台上醒过来，母亲把她恨得要死……她翻了一个身，天气好热，他们家用不起冷气，她觉得浑身都是汗。她用手摸摸额头，把枕头翻了一个面，再睡。她又做梦了，赵自耕、纤纤、颂超、维珍、维之……她苦恼地摇头，想摆脱这些人影。"我中午来接你。"赵自耕说。"不行，我中午有约会。"她说。中午的约会呢？颂超没有来，一个半成熟的孩子，记不起他曾有过的诺言。赵自耕砰然地碰上了车门，好响……真的，什么东西在响着？她一震，醒了，才听到床头的电话在狂鸣。电话是为母亲而设的，医生警告过她，家里有这样一个病人，随时都可能出危险，她需要一个电话和所有医院、急救处、生命线的号码。她抓起电话听筒，下意识地看看表，早上五点十分，这是哪一个冒失鬼？

"喂？"她睡意蒙眬地问，"哪一位？"

"佩吟，是你吗？"好年轻的声音，好熟悉的声音。她吃了一惊，真的清醒过来。

"颂超？"她问，"是的，是我。"颂超的声音里有些特别，有种令人不安的沮丧和懊恼，他发生了什么事？

"怎么了？有什么事吗？"她问。

"你能不能出来？"他的语气里有抹恳求的意味。

"现在吗？""是的，现在。"他说，"我就在你家门口，我在巷口的公用电话亭打的电话！""你在我家门口？"她愕然地问，不相信地，"你知道现在几点钟？""我知道，早上五点十分，我刚刚从福隆连夜开车回台北。""福隆？你在说些什么？"

"请你出来！"他哀求地，"你出来，我把所有的事都告诉你。公用电话只有三分钟，我没有第二个铜板。"

"好，我就出来。"她挂上了电话。

掀开棉被，她起了床，去洗手间匆匆梳洗了一下，她换上一件浅黄色带咖啡边的短袖洋装。裸露的胳膊上，伤口确实留了一条疤痕，虽然早已拆了线，那缝线的针孔仍然清晰，红肿也没有全消，她看看手臂，那伤痕像一条蜈蚣……这才忽然想起，自从颂超那天中午失约，没有接她去换药以来，她已经有两个星期没见到他了。

悄悄地穿过小院，走出大门，她就一眼看到颂超，正站在她家对面的电线杆下，在他身旁，有一辆崭新的"跑天下"，他正斜倚在车上，双手抱在胸前，对她的房门痴痴地注视着。她带上了大门，向他走去。

"哪儿来的汽车？"她问，很惊奇，很纳闷。

"我的。"他说，打开了车门，"是大姐和二姐合资送我的。"他对车内努努嘴："进来，我们在车里谈，好不好？"

她顺从地钻进了车子,立即,有股浓郁的香水味对她绕鼻而来,她自己不用香水,也从来分不出香水的味道和牌子。但是,这股香水味却好熟悉,绝不是虞家姐妹身上的,虞家二姐妹虽然出身于富有的家庭,却都没有用香水的习惯。她深吸了一口气,知道为什么这香水味如此熟悉了。林维珍!她该猜到的。自从那天她介绍维珍认识他,她就没见过他了。她微侧过头去,看着他坐进驾驶座,他的面容烦恼而忧愁,怎么?维珍在折磨他,捉弄他了!她在给他苦头吃了,猫捉老鼠的游戏!

第六章

佩吟咬住嘴唇,故意不开口,掉头望着车窗外面,天已经亮了,蒙蒙的白雾正在缓慢地散开,今天会是个大晴天,她模糊地想着。他也没说话,忽然发动了车子。

"喂,"她惊愕地,"你要开到什么地方去?"

"我只想找一个人少的地方,"他说,微锁着眉头,"放心,不会耽误你上课,我一定在八点钟前送你到学校门口。"

她瞅着他。"上星期六刚放的暑假。"她说,"我已经不需要去上课了。"

"哦!"他应了一声,不安地看了她一眼,"我想,我疏忽了很多事情,犯了很多错,我失约了……你的伤口好了吗?"

"好了。"她望着前面,"只要治疗和时间,什么伤口都会好!"

他看看她的手臂。"可是会留下一条疤痕,是不是?"

她忽然笑了,觉得他们的谈话像哲学家在说什么隐语,都带着点一语双关。他把车子开往内湖的方向，停在一条小溪的旁边，这儿还没有完全开发，青山绿水，还有点原始味道。山里好像有座庙宇，钟磬和梵唱之声，隐隐传来。她摇下窗玻璃，几乎可以闻到一些檀香味，把车里的香水味冲淡了不少。

"你到底找我出来做什么？"她问。

"我想我犯了一个不可原谅的错误。"他正色说。

"哦？""昨天中午，维珍来找我。"他咬咬嘴唇，眼底有一丝惭愧，"你知道，这些日子，维珍常常来找我的，有时打电话到公司，有时直接来我家。我们常在一块儿吃饭，或者去夜总会跳舞，她的舞跳得是第一流的，从最难跳的探戈到迪斯科，她全会。""嗯。"她应了一声，"是的，她很活泼，很能干，很会交际……我想，你这些日子过得很快活？"

"有一阵。"他坦白地说，"像喝醉了酒，像抽了大麻烟，忽然就这样昏昏沉沉地忘了很多事，例如和你的约会，要带你去换药……"

"我没怪过你。"她静静地说，"而且，我也猜到是怎么回事了。"她深深地注视他，心里有些隐隐的痛楚。她等待过那个约会的，为了那个约会她还拒绝了另外一个。不过，这痛楚并不严重，当维珍一出现，她就已经有了预感——她从不认为自己能抓住男人，也从没有准备去抓住颂超。她那隐隐的痛楚相当微妙，自尊的受伤远超过感情的受伤，或者，仅仅是虚荣心的作祟而已。"你不必对我抱歉，颂超，"她诚恳地说，"我早对你说过，你像我的弟弟……只要你过得快活，只要你很满足,我会祝福你。"

"你是真心话吗?"他紧盯着她的眼睛。

"当然是真心话!"

他默然片刻,然后,他仰靠在椅垫上,闭上眼睛,长长地叹了口气。他的面容憔悴而苍凉。

"怎么了?"她不解地,"你今天好古怪!"

"我希望你骂我,狠狠地骂我。"他咬牙说,"我希望你吃醋,吃醋得一塌糊涂。我希望你抽我一个耳光,捶我几百拳……而不要这样安安静静地祝福我。"

她淡淡地微笑起来。"我不是孩子了,颂超。"她说,"而且,你在享受你的青春,这并没有什么错。"

"你知道我从什么地方来的吗?"他问。

"福隆。"她接口说,"你已经告诉我了。我只是不懂,从福隆开车回台北,大概要——"

"四小时。"

"四小时?那么你是从半夜一点钟开的车?"

"一点也不错。我们去福隆游泳,天黑了,她说开夜路太危险,劝我在福隆住一夜。我们租了栋小别墅,我不知道别墅里只有一间房间,我要帮她另租一间,她说她怕鬼……于是,于是……哦,我不知道我说得是不是公平,因为,事实上,她还拒绝过我,还劝我保持……而我没有听她。我希望做到'一夜无话',可是,我失败了。事后,我睡了一下子,当我醒来的时候,大概是午夜十二点钟吧,我睁开眼睛,忽然看到她在笑,怎么说呢?一种胜利的笑。她是睡着的,却在睡梦里笑。我坐起来看着她。在那一瞬间，我觉得像有一盆冷水从我头上浇下来。我忽然明白了一件事，我像个毫无经验的鲁男子，糊里糊涂就被别人捕获。我问我自己，做这件事是不是出于爱？我听到几千几万个声音在我脑海里喊：不是！不是！不是！尤其，当我坐在那儿看她的时候，我几乎是厌恶的。我这样说很无聊，对不对？一个男人，在得到一个女人以前，觉得她迷人而诱惑，到手后却厌恶她！但是，我必须坦白，我确实厌恶，我觉得从头到底，我中了计！这样说也很不公平，谁叫我要中计呢？我更深的厌恶是对我自己。这么许多年来，我一直很傻气地保持一份纯洁，一部分原因是我很胆小，几乎是……很害羞的。但是，最主要的原因，还是我有种固执的信仰，相信灵与肉必须合一。而昨晚，我把什么都破坏了。我生气、烦恼，充满了犯罪感……我恨自己碰了她。于是，我把她叫醒，命令她穿上衣服，连夜间，我开车回台北，先把她送回家。然后，我就来找你。"

她注视着他，倾听着他这篇坦白的谈话，他说得那么坦白，使她的脸都红了。她望向窗外，用手指轻轻地划着窗玻璃，她问："为什么要告诉我这件事？"

"因为——你说过我是不成熟的。"

"唔。"她含糊地应着。

"你说对了。"他紧紧地注视她，很苦恼、很沮丧，"我禁不起一点点的考验，禁不起一点点的诱惑，我只是个孩子。佩吟——"他轻念她的名字，"原谅我！"

她满脸通红。坐在那儿，她一动也不动，只是看着窗外的小溪,听着那流水的潺潺声。时间不知道过去了多久,然后,她回过头来了,正眼看着他。她脸上的红潮消退了,她的眼光诚挚而温柔。"颂超,"她轻柔而镇静地说,"你仍然只是个孩子,一个天真的孩子。"

"什么意思?"他不解地。

"你告诉我这些,你要我原谅你,你把我当作什么人呢?"

"你知道的——"他吞吞吐吐地说,"你早就知道了。我一直对你……"

"别说'爱'字!"她很快地打断他,"否则,你就会和犯了昨晚的错误一样,要懊恼很久很久了。"

他瞠目结舌地瞪着她。

"听我说,颂超。"她直视着他,"你并不'爱'我,我这个爱,是指男女间狭义的爱,你对于我,是敬多于爱的,对吗?你会把昨夜的事告诉我,你知道,在你潜意识里,我是个什么人吗?我像个神父,你像个天主教徒,天主教徒在神父面前告解,为了减轻自己的犯罪感。这,绝不是爱情!"

"佩吟!"他烦躁地喊了一声,"你——"

"让我说完。"她打断了他,"颂超,我告诉你,我爱过,也被爱过——不管那份爱情多么短暂,多么禁不起时间的考验——但,在当时,我们都爱得很真很纯。爱情,不只要对对方爱慕,还有依恋,还有怜惜,还有欣赏,还有关怀……甚至,还有占有欲,还有那种'一日不见,如隔三秋'的缠绵缱绻之情。你对我,有这么复杂的感觉吗?"

他怔了怔,好半晌,才勉强地说:"你怎么知道没有?"

"如果有，你就不会被维珍吸引了！"她叹息地说，"如果有，你眼睛里就再也容纳不下别人！如果有，你就不会两个星期见不到我，甚至忘记了我们的约会！"

"你知道，我是一时的迷惑……"他急促地解释，"我已经在请求你原谅……"

"我完全原谅你！"她睁大眼睛说，"我说这些，并不是在责怪你，而是向你解释，什么是爱情。颂超，你太单纯了，太天真了，也太善良了。你根本还没有爱过，所以你完全不能体会什么是爱情。你以为你爱的是我，事实上，你对我的感情，混合了你对颂萍、颂蘅、颂蕊的爱，而我，比她们新鲜。我不是你的姐妹。换言之，我是个类似姐姐，而超乎姐姐的人物，一个友谊与亲情的混合体，你仔细想想，就可以想通了。我们在成长的过程里，都有一些秘密，不愿告诉父母，不愿告诉姐妹，而宁愿告诉一个好朋友。我就是你的一个好朋友。超乎异性之情，我们是'中性'的朋友。"

他垂下头，望着面前的方向盘，他用手指在方向盘上拨弄，陷进某种深深的沉思里。他在想着她的话，咀嚼她的话，而越想就越觉得有些道理。半响，他才吸了口气，勉强地振作了一下，轻声说："换言之，你对我也从来没有一丁丁，一点点，一丝丝的男女之情了？"她的脸又蓦然涨红了。

"不。"她坦率地低语，"有一度，我确实为你心动过。"

他的眼睛一亮。"什么时候？"他追问着。

"在……算了，"她摇摇头，"别提了。即使在那时候，我也只认为你是个纯真而热情的孩子，我怕伤害你的情绪远胜过男女之情。"

"总之,我把它弄砸了,是不是?"他嗒然若失。

"不。这样对我们都好,同情不是爱情。"她凝视他,关怀地拍了拍他的膝盖,完全像个慈祥的大姐姐,"颂超,听我一句话!"

"嗯。"

"离维珍远一点!"她诚恳地说,"我怕……"

"怕什么?"

"怕你会成为她钓的一条鱼,她一直在钓鱼。你是条又大又肥又容易上钩的鱼。"他沉默着。"不要那么垂头丧气,"她笑笑,鼓励地看他,"我打赌,有一天你会遇到一个真正让你倾心的女孩,那时候,你就会了解爱情是什么。那时候,你会感激我今天对你说的话。真的,颂超,这一天迟早要来的!"

他咬住嘴唇,仍然沉默着。

她看了看手表,时间过得真快,已经九点半了。她蓦地一惊,爸爸准以为她失踪了!她慌忙拍拍颂超,急急地说:"拜托拜托,送我回去吧!否则,我爸会以为我跟你私奔了,那么,我就洗都洗不清了。"

他叹口气,发动了马达。

车子在归途中,他们两个都很沉默,他偷眼看她,她是一脸坦荡荡的正气,一脸静悠悠的安详。她对了!他想。他虽然敬慕过她,欣赏过她,甚至崇拜过她……那却不是爱情。忽然间,他觉得自己在这一夜和一晨间蜕变了,他在费力地脱掉那层幼壳,而要发展成为一只"成虫"。他再看她,她是那么深沉那么高贵呵!他想着维珍,维珍是个尤物,佩吟却像个圣女!假若把维珍归之于"肉",佩吟就纯属于"灵"了。

车子转进了佩吟家的巷子。

忽然间,佩吟神经质地伸手抓住了他。

"停车!"她叫。

他慌忙刹住车子,困惑地问:"怎么啦?"

她直直地向前望着,他跟着她的视线看过去,于是,他一眼看到,在她家门口,正停着一辆擦得雪亮的"奔驰"车。他第一个念头,就是她家出事了,大概她妈又发了病,车子是来送她进医院的。但是,却从没听说过哪家医院的救护车是用"奔驰"呀!他正狐疑着,她已推开车门,走下车去了。他不放心,把车子停在路边上,也跟着她走下车。到了她家门口,他才看到车里还有司机,穿着一身雪白的制服,怎么?有什么皇亲国戚到她家来了吗?大门开着,佩吟只匆匆地和老刘点了个头,就直接走进了小院,她的心狂跳着,自己也不知道为什么会那么紧张和激动。一跨进那小小院落,她立刻看到,父亲正站在小院中和人说着话——那人长发垂肩,穿着一身薄如蝉翼的白纱衣服,婷婷然,袅袅然,亮丽如阳光闪烁,洁白如白云出岫——那是纤纤!"韩伯伯,"纤纤正柔声说着,声音清丽而悦耳,"你一定要告诉韩老师,我来过了啊!我还会再送更多更多的花来!"

佩吟这才看到,小院里堆满了花,有孤挺花,有洋绣球,有千日红，有彩叶苋，有仙丹花，有九重葛，有龙吐珠，有使君子，有木玫瑰……还有无数盆金盏花！彩色缤纷，姹紫嫣红，堆满了整个小院。而纤纤一身白衣，飘然出尘地站在那群花之中，简直像一个百花仙子！

"纤纤！"她忍不住喊了一声。

纤纤蓦然回首，眼睛里闪耀着光华，那白皙的脸庞，被喜悦笼罩着，光滑得像缎子的皮肤，在阳光下像是半透明的——她美得像个水晶玻璃的雕塑品。

"噢，韩老师！"她用小碎步奔过来，立刻热情地握住佩吟的手，她摇撼她、紧握她，又笑又叫，"我真谢谢你，谢谢你，谢谢你，一百个谢谢，一千个谢谢！你怎么不来我家玩了呢？虽然不用教我书，你还是我的好老师啊！你不知道我有多想你，不只我想，奶奶也想你，吴妈也想你，我们全家都想你！我爸爸——他要我给你送一些花来，特别是那些金盏花！""哦！"她应着，心里乱糟糟的，她看看花，再看看纤纤。纤纤移过一盆金盏花来，又移过一盆黄色的，呈穗状往上生长的花朵来，她把两盆黄花并放着，抬头对着佩吟笑，那笑容像春日骄阳，温馨而开朗。

"这盆黄花名叫金鱼草，很奇怪是不是？花的名字偏偏叫草？我爸爸找出一本书，书上说每种花都有意义，他要我告诉你，金鱼草代表的意义是傲慢，金盏花的意义很不好，代表的是别离，所以，他要我不要送金盏花给你。可是，后来，他又说，你送去吧，要把金盏花和金鱼草放在一块儿，加起来就是一句话：'别离了，傲慢！'我不懂他是什么意思，我问他，他说：他是在向你道歉哪！他还说，如果你接受了这两盆花，就算接受他的道歉了，那么，就要请你别再怪他了！"她一口气说着，琳琳然，琅琅然，声音轻快得像树梢的鸟鸣，"我也不知道我爸怎么得罪了你，但是，你知道我爸爸哪！他就是那么……"她又笑，又轻轻地伸舌头，"那么……那么……那么有一点点傲慢，有一点点不讲理的，但是，他的心是很好很好的。他从不向人道歉的哪！韩老师，你不要生气吧！"

她呆了，她是真的呆了。她低头看看那两盆金鱼草和金盏花，又抬头看看纤纤。她眩惑而迷乱，心里忽然就像塞进了一团纠缠不清的乱麻。"别离了，傲慢！"他是什么意思？噢噢，他已经看透她了，他已经读出她内心深处对他那种"优越感"的反抗了。道歉？他也会向人道歉吗？不，骄傲是一种顽固的病菌，他仍然无法全然放弃他的骄傲，所以，他派了纤纤来了。纤纤仍然抓住了她的手腕，她那薄如蝉翼的白纱衣服在微风中飘飘荡荡，她那已留长了的乌黑乌黑的头发如水披泻，她那眉间眼底，洋溢着她从未见过的喜悦，可是，却也有缕缕淡淡的怯意和淡淡的娇羞。看佩吟迟疑不语，她有些急了，轻摇着她，轻揉着她，轻唤着她，轻轻依偎着她，纤纤又一迭连声地说了："你不要生气了，韩老师。你已经收了那两盆花儿了，是不是？你收了！我爸爸说，只要由我送来，你就一定会收下的！""为什么？""因为——"她拉长了声音，悄悄地笑着，满足地惊叹着，"你是那么那么那么好心呀！你是那么那么那么喜欢我呀！你是那么那么那么不忍心给我钉子碰呀!"

佩吟目瞪口呆,面对这张纯洁如天使的脸庞,她是一句话也说不出来了。在她后面,一直默默旁观,带着种震撼般的新奇和崭新的惊讶,颂超不知何时已绕到她们身边,凝视着纤纤,他也看呆了,听呆了,而在她们的谈话间,若有所悟了。

金盏花和金鱼草都放在佩吟的窗台上了。

有好些天,她都在家改学生的大考考卷,可是,每次,她都会从考卷上抬起头来,痴痴地望着这两盆花发怔。奇怪,两盆花都是黄色的。她知道金盏花本来就只有黄色一种。可是,金鱼草的颜色很多,她就看过纤纤栽培过红色、白色、粉红、紫色和橘色的。现在,他什么颜色都不挑选,单单选黄色的,两盆黄花放在一起,金盏花是一朵朵在绿叶陪衬下绽放着,金鱼草却是单独的一枝花,亭亭玉立地伸长了枝子,上面参差地开着无数花朵。她拿着红笔,望着花朵,就会不知不觉地想起他曾经说她的话——人比黄花瘦。

是的,人比黄花瘦。她这些日子又瘦多了,只因为她心绪不宁,只因为她若有所思,若有所盼,若有所获,也若有所失。这种患得患失,忽悲忽喜的情绪是难以解释的,是会让人陷入一种恍恍惚惚的情况里去的。尤其,她收下了这两盆花,像纤纤说的,如果她收了,就代表接受他的道歉了。那么,他的下一步棋是什么?总不该如此沉寂啊!于是,她在那种"若有所盼"的情绪下惊悸了!怎么?自己居然在"等待"他的下一步呢!

这一步终于来了。那是晚上,她刚把所有学生的学期成绩都平均完了,考卷也都一班班地整理好了,她这一学期的工作算是正式结束。大概是晚上八点钟左右,电话铃响了。

"喂?哪一位?"她问,以为是虞家姐妹,或者是颂超,只有他们和她电话联系最密切。

"韩——佩吟?"他迟疑地问。

她的心"咚"的一下跳到了喉咙口。原来是他!终于是他!"嗯。"她哼着,莫名其妙地扭捏起来,这不是她一向"坦荡荡"的个性啊。

"你——好吗?"他再问。

"嗯。"她又哼着,心里好慌好乱,怎么了?今天自己只会哼哼了?

"你——热吗?"他忽然冒出一句怪话来。

"热?"她不解地。可是,她立即觉得热了,小屋里没有冷气,夏天的晚上,太阳下山后,地上就蒸发着热气,小屋里简直像个蒸笼,她下意识地用手摸摸头发后面的颈项,一手都是汗。"是的,很热。"她答着,完全出于直接的反应。

"我知道一家咖啡馆,有很好的冷气,很好的情调,你愿不愿意陪我去喝一杯咖啡?哦,不,"他慌忙更正了句子,"你愿不愿意让我陪你去喝一杯咖啡?"

她的心在笑了,为了他这个"更正"!他多么小心翼翼,多么怕犯了她的忌讳,但是,他还是那个充满优越感,充满自信与自傲的赵自耕啊!"是的,我愿意。"她听到自己在回答,连考虑都没考虑,就冲口而出了。

"那么，我十分钟之内来接你！"

他挂断了电话。她在小屋里呆站了几秒钟，接着，就觉得全心灵都在唱着歌了。一种难以形容的喜悦，就莫名其妙地在全身奔窜起来。十分钟！只有十分钟！她该把自己打扮漂亮一点啊！拉开壁橱，她想换件衣裳，这才发现壁橱里的寒碜，居然没有一件像样的衣裳！她想起纤纤的白衣胜雪，不禁自惭形秽了。既然壁橱里没有一件新装，她放弃了换衣服的念头，尤其，当她在镜子里，看到自己穿着件鹅黄色的短袖衬衫，一件黄色带咖啡点点的裙子，竟然和窗台上那两盆黄花不谋而合，这才惊悟到自己一向偏爱鹅黄色系的衣裳。或者，他已经注意到了，所以特别送她黄色的小花？那么，又何必再换衣裳呢？可是，总该搽点胭脂抹点粉的，她面对镜子，仓促中又找不到胭脂在什么地方。镜子里有张又苍白又憔悴的脸，一对又大又热切的眸子，一副紧张兮兮的表情……天哪！为什么小说里的女主角都有水汪汪的眼睛，红艳艳的嘴唇，白嫩嫩的肌肤，乌溜溜的头发……她在镜子前面转了一个身子，嗯，她勉强地叹了口气，发现自己有一项还很合格——头发。她的头发是长而直的，因为她没时间去美容院烫。而且，是"乌溜溜"的。门外响起了汽车喇叭声。糟！什么"打扮"都别提了，来不及了。她慌忙拿了一个皮包，先走到客厅里去，要告诉父亲一声。一到客厅，她就发现韩永修正背负着双手，若有所思地站在那儿。看到佩吟，他并不惊奇，只是用很关怀的疼爱的又很犹豫的眼光望着她，问了一句："要出去？"

"是的。"

"和那位——律师吗?"父亲深深地看着她。

"噢。"她的脸发热了,心脏在怦怦乱跳。"是的。"她坦白地说,不想隐瞒韩永修。

父亲迟疑了一下,欲言又止。终于说:"去吧!但是……"

"爸?"她怀疑地看着父亲。"你——不赞成我和他来往吗?"她直率地问了出来。

"仅仅是来往吗?"父亲问,走过来,他用手在女儿肩上紧按了一下。他摇了摇头。"去吧!"他温和地说,"你不应该整天待在家里,你还那么年轻!去吧!交交朋友对你有好处。但是——那个赵自耕,你——必须对他多了解一些,他已经不年轻了,他看过的世界和人生,都比你多太多了。而且,他在对女人这一点上,名声并不很好。当然,像他这种有名有势的人,总免不了树大招风,惹人注意,我只是说说,提醒你的注意……也可能,一切都是谣言。而且,也可能……"父亲微笑了起来,那微笑浮在他苍老的脸上,显得特别苍凉,"我只是多虑,你和他仅仅是来往而已。"

佩吟不安了,非常不安。她想问问父亲到底听说了些什么。可是,门外的汽车喇叭声又响了一声,很短促,却有催促的意味。她没时间再谈了,反正,回家后可以再问问清楚,她匆匆说了句:"我会注意的,爸。"她拿着皮包,走出客厅,经过小院,跑出大门外了。

门外,赵自耕正坐在驾驶座上等她。她惊愕地看看,奇怪地问:"你自己开车?老刘呢?"

"我常常自己开车的，"赵自耕微笑地说，打开车门，让她坐进来。他发动了车子，一面开车，一面说："用老刘是不得已，有时非要一位司机不可，这社会在某些方面很势利，很现实。而且，奶奶和纤纤都不会开车，这一老一小每次上街我都担心，有老刘照顾着，我就比较安心了。"

她望着他，他今天穿了件白色的西装，打了条深红色的领带，又帅又挺，又年轻！他是漂亮的。她在心中惊叹。如果他不要这么漂亮，如果他看起来不要这样年轻，会使她觉得舒服很多。那笔挺的白西装，那丝质的白衬衫……她在他面前多寒碜哪！车子停在一栋大建筑物前面，他们下了车，有侍者去帮他停车。他带她走进去，乘了一座玻璃电梯，直达顶楼，再走出电梯，四面侍者鞠躬如仪，她更不安了。紧握着皮包，她觉得自己的打扮不对，服装不对，鞋子不对，浑身上下，没有一个地方对劲。那些女招待，看起来个个比她像样。

他们走进了大厅，他一直带着她，走往一个靠窗的卡座上。坐了下来，她才发现这儿可以浏览整个的台北市，那玻璃窗外，台北市的万家灯火，带着种迷人的韵味在闪耀。她好惊奇，从没有见过这种景致，那点点灯火，那中山北路的街灯像一长串珍珠项链，而那穿梭的街车，在街道上留下一条条流动的光带。她回转头来，再看这家"咖啡馆"，才发现这儿实在是家夜总会，有乐队，有舞池，舞池中正有双双对对的男女，在慢慢地拥舞着。室内光线幽暗，气氛高雅，屋顶上有许许多多的小灯，闪烁着如一天星辰。老天！她想，他确实会选地方,如果她嫌这儿太"豪华"了,却不能不承认,这儿也是非常非常"诗意"的!连那乐队的奏乐都是诗意的,他们正奏着一支非常动听的英文歌,可惜,她对英文歌曲并不熟悉。"这是支什么曲子?"她问,不想掩饰自己的无知。

他深深地看了她一眼,从上衣口袋中取出笔来,他在餐巾纸上写了一行字,递过来给她,她接过来,就着桌上烛杯里的光线,看到七个字:"你照亮我的生命。"

她的心脏又怦然一跳。抬起头来,她看着他,立即接触到他那深邃、沉着、含蓄,而在"说话"的眼睛。她很快地低下头去,玩弄着手中那张纸,满心怀都荡漾着一种异样的情绪,她的脸又在发热了。

侍者过来了。"要吃点什么?"他问。

她摇摇头。"给我一杯咖啡吧!"她说。

他点了两杯咖啡。又说:"其实,你该尝尝他们的霜淇淋,这家的霜淇淋是有名的,尤其是'法国式霜淇淋',里面又有核桃,又有樱桃,要不要试一试?""好。"她点点头。于是,他又点了霜淇淋。

一会儿,咖啡来了,霜淇淋也来了。她看看这样,又看看那样,不知道该先吃哪一样。她喝了口热咖啡,又吃了一口霜淇淋,忽然间笑了起来:"你瞧,又是热的,又是冷的,又是甜的,又是苦的,你叫我怎么吃?"

"热的、冷的、甜的、苦的……"他凝视着她,微笑着,"你一下子尝尽了人生!"她一怔,迅速地看着他,在这一刻，她似乎才正视到他的内容和深度，才领略到他在那出众的仪表和修饰的后面，还隐藏着一颗透视过人生的心。或者，是透视过"她"的心。因为，在这一瞬间，属于她的那些喜怒哀乐，那些逝去了的欢笑、甜蜜、爱情……那些冷的、热的、甜的、苦的……种种滋味，都一下子涌上心头。她垂下睫毛，有些忧郁，有些惆怅，有些落寞，却有更多的感动。

他很仔细地看她，被她消失了的笑容困扰了。

"我说错了什么吗？"他问。

"不。"她很快地回答，又笑了，"你说得很好，我只是——在想你的话。"

"你知不知道。"他燃起一支烟，深思地看着她，"我从来没有在任何一个女孩面前，这么害怕自己的言行不得体。我比你大很多——事实上，你提醒过我，我是很'老'了，对年龄的敏感，也是你带来的，在认识你以前，我从不觉得自己'老'。我比你大很多，你却让我觉得，在你面前，我只是个小学生。韩——老师，我请你当纤纤的老师时，并没想到……"他叹口气，"我也会被这个老师收服的！"

她啜着咖啡，也吃着霜淇淋，却更仔细地倾听着他的谈话。推开霜淇淋的杯子，她玩弄着杯子中的一颗樱桃，她不看他，却注视着烛杯里那小小的火焰，低声问："你在说真心话？还是仅仅想讨好我？"

"我没有必要讨好你！"他说，咬咬牙，"我说的是真心话。我想——我已经不可救药地爱上了你！"他的声音清晰而有力。她惊跳起来，手里的樱桃落进杯子里去了。她抬眼看他,蜡烛的火焰在她瞳仁里跳动,她脸色发白,嘴唇微微颤动着。"为什么?"她问。"什么为什么?""你瞧,我绝不是你心目中那种典型的女人。"她说,"我并不漂亮,我不时髦,我很平凡,没有吸引力,也度过了少女最美好的那段年龄。我不大胆,也不新潮,我不会玩——爱情的游戏。我保守,我倔强,我不会迁就别人,更不会甜言蜜语。""说完了吗?"他问。"还没有。""再说!"他命令地。"我……"她嚅动着嘴唇,心里疯狂地想着父亲所叮嘱的话,他在对女人这一点上,名声并不很好,"我……我不是一个玩乐的物件,"她的声音微微发抖,居然变得可怜兮兮的,"我……我是会认真的!"他死命盯着她,忽然站起身来。

"干什么?"她问。"我们去跳舞。"她看看舞池,人并不多,是一支慢狐步,她忽然想起颂超说维珍的话,就又加了一句:"我——不会跳探戈,也不会跳迪斯科!"

"这不是探戈,也不是迪斯科!"他说,牵住她的手,把她从座位上拉起来,"我也不是要你去表演跳舞,我只是想和你靠近一点,因为,我有很多话要对你说!"

他把她带进舞池,立刻,他拥她入怀。他的胳膊强而有力地搂住她,让她紧紧地贴着自己,他的面颊和她的依偎在一起,他的嘴唇凑在她的耳边。随着音乐的节拍,他很有韵律地带着她滑动,却在她的耳边轻声而正经地说:"让我告诉你,从你第一次走进我的客厅,我就开始被你吸引。你刚刚说了许多你的缺点,什么不漂亮、不时髦、太平凡等鬼话,假如你是真心话,你对自己的认识太少。假如你是谦虚,就又未免太不真诚了。在我眼光里,你很美,当然不是像电影明星那样靓,你美得深沉,美得生动,美得成熟。你的眼睛是两口深井,我常常不敢正眼看你,怕那井中一平如镜的井水里,会反映出我自己的寒碜和庸俗。佩吟——"他低低唤她,声音温柔、诚恳、真挚,而且带着灵魂深处的渴求。"让我们今天把假面具都丢开,好不好?坦白说,我很爱自由,我不愿被一个女人拴住,这些年来,我很满意我的独身生活。可是,你的出现,把我的平静生活完全搅乱了。你不了解你自己,你那么飘逸、那么坚强、那么脱俗……甚至你的固执,你的自负,你的锋利,你的敏锐……全使我迷惑。是的,你没有很考究的服装,你没有很漂亮的首饰,你也不太注重化妆。有些地方你是对的,你不新潮,不大胆,你保守,你倔强……老天,我就为这些而喜欢你!虽然,我也希望你能穿漂亮一些,你知道我对服装一向很考究……不过,这是太小太小的问题,两个不同环境的人要彼此适应,总有些小地方要彼此协调,我主要是要告诉你——"他把她更有力地拉近自己,他的呼吸沉重而急促,他的嘴唇紧贴在她耳朵上,"我爱上了你。"她不能呼吸了,她的头紧靠在他的肩上,她的身子随着他晃动,灵魂却已经往上飘,往上飘,往上飘……飘到那屋顶的满天星辰里去了。她不能说话,因为喉咙堵塞了。她不敢看他,因为她眼里忽然充盈了泪水。

"记得我第一次在书房中吻你吗?我一点也不敢拿你开玩笑,"他继续说,"或者,当时我并没有很确实地了解自己在做什么,因为,我根本没有思考的余地。但是,后来我思考过了,我也分析过自己,甚至于,我还挣扎过,用很多理由来说服我自己,说服我不要陷进去。我不是盲目的少年时期,会为爱情而神魂颠倒。可是,佩吟,我输了,我居然神魂颠倒了!我明白我在做什么,我要你,认真的。百分之百的认真!问题却在,你是不是也要我?"

她更紧地靠着他,深呼吸,却不说话。

"佩吟。"他柔声喊。她咬住嘴唇,闭上眼睛,泪珠静悄悄地从眼眶中滚出来,滑过面颊。她把头侧向一边,不肯跟他贴面,免得让他发现她在流泪,她的泪珠悄然地坠落在他肩上。

"佩吟。"他再喊,由于她的闪避而心慌起来,从没有一个女人,让他这样没有把握,这样渴望得到,而又这样恐惧失败。他觉得心脏都跳得不规律了。"佩吟,你真的嫌我太老了?你真的喜欢那个——虞颂超?你真的没有——把我放在心上?"他推开她,想看她的脸,她躲开,可是,音乐停了,她不得不停下来,等待另一支曲子的开始。于是,他看到了她的脸,她的眼睛,她的泪眼凝注。

"怎么?"他的脸白了,"我又说错了什么?"

她摇头,拼命地摇头。

"说一句话!"他请求地,"为什么不说话?你——不忍心拒绝我,是吗?"他咬了咬牙,闭了闭眼睛。"我准备接受打击,你——说吧!"她不能再沉默了,不能再让他误解了。虞颂超,在这一瞬间,她才明白为什么颂超在她眼中永远是个孩子,永远不够成熟,永远没有男性的吸引力!就因为面前这个男人!这个充满优越感的、傲慢的、自信的、咄咄逼人的男人!天哪!她爱这个男人,她一定早就爱上这个男人了!

"为什么还不说话?"他睁开了眼睛,死盯着她。音乐又响了,他们继续跳舞,但他很绅士派地把她推在相当大的距离之外,以便盯牢她的脸。"告诉我!"他又用命令语气了。这个有命令习惯的、讨厌的人哪!她望着他,她爱他,她爱他,她爱他……她心底在呐喊着:她爱他哪!

"我……"她终于开了口,讷讷地、模糊地、口齿不清地,"我刚刚说过,我会……认真的!"

"认真的?"他的眼睛里冒着火焰,光亮得像两小簇火炬,"你以为我不是认真的?"

"我不知道……"她呻吟着说,"你认真到什么程度?"

"老天!"他低喊,"你还没有弄懂我的意思吗?我说过,我不愿意被一个女人拴住,但是,假如你去拴住别的男人,我一定会发狂。所以——"他又用命令语气了,"你必须嫁给我!"

她一下子靠紧了他,忘形地用双手环抱住了他的脖子,把面颊紧偎在他的面颊上。他们仍然跟着音乐的节拍在晃动,她的泪水沾湿了他的面颊,但是,她轻声地笑了起来。一面笑,一面流泪,一面软软柔柔地说:"你不会后悔说这句话吗?"

"后悔?怎么会后悔?你——要命,"他重重吸气,"你到底是答应我,还是拒绝我?"

"你还不能感觉出来吗?"她的声音更软了、更柔了。

"你这个傻瓜!现在,你就是后悔说了那句话,我也不允许你收回了!"他屏息片刻,双手环抱住她的腰,把她紧拥在怀里。

"不行,"他喘着气说,"我们要离开这儿。"

"为什么?"

"为什么?"他瞪大眼睛,深深吸气,"因为我要吻你!"

虞颂超的建筑图通过了。他得到了一笔奖金,得到了上司的极力夸奖,得到了无数的赞美,而且,他被提升为公司的设计部主任了。这件事在虞家,是件非常轰动的大事,大姐颂萍、二姐颂蕙、大姐夫黎鹏远、二姐夫何子坚全赶来了。虞家子女众多,又来得团结,再加上虞家三姐妹,个个能言善道,每次家里有一点喜庆的事,就会闹嚷嚷地挤满一屋子人。姐妹们各有意见,两位姐夫也都是"青年才俊"。但是有时在虞家"人多势众"的情况下,常常会成为被差遣和取笑的对象。例如最近,颂蕙不知道怎么回事,总爱拿着包酸梅,走到哪儿吃到哪儿。因此,她坐在客厅中,只要轻轻喊上一声:"子坚!"何子坚就会出于反射动作一般,跳起来叫:"酸梅!"一面叫,一面往屋子外面就冲,弄得虞家大大小小,都瞠目结舌,不知道是怎么回事。还是虞太太是过来人,又心细如发,笑吟吟地直望着颂蕙点头。这一来,大家都知道颂蕙是有喜了,目标就从虞颂超的得奖上,全移转到何子坚夫妇身上,又是恭喜,又是调侃,又是取笑,闹了个天翻地覆。大姐颂萍结婚快三年了,却迟迟没有喜讯,黎家也是名门望族,两老也盼孙心切,无奈颂萍总是没消息。颂蘅结婚不到半年,就有了喜讯,黎鹏远开始故意地唉声叹气了。

"颂萍,"他警告地说,"我限你在今年年底以前,给我也'酸梅'一下,否则,哼哼……"

"否则怎样?"颂萍瞅着他,笑嘻嘻地问。

"否则,不客气,我就准备去'碧云天'一下!"

第七章

《碧云天》是一部电影,描写一位丈夫,因妻子不孕,而另外找了个女孩来"借腹生子",谁知弄假成真,竟爱上了这位小星。

颂萍点点头,仍然笑嘻嘻的。

"你尽管去碧云天,"她慢吞吞地说,"我还准备要'天云碧'一下呢!"

"什么叫'天云碧'?"黎鹏远可糊涂了。

"天云碧呀!"颂蘅一面啃着何子坚刚给她买来的酸梅,一面细声细气地说,"是描写一个妻子,'借夫'生子的故事!"她和姐姐之间,一向是"心有灵犀一点通"的。

"哇!"黎鹏远大叫,"过分,过分,这太过分了!"他赶着虞太太喊:"妈,你觉不觉得,你的女儿都太大胆了!大胆得可怕!"

"别怕别怕!"虞太太笑着安慰黎鹏远,"她们只敢说,不敢做，真正敢做的女孩子就不说了！咱们家的孩子，都有个毛病，不只女孩子，男孩也一样……"

"妈！"颂超慌忙叫，"怎么扯到我头上来了？我觉得我正常得很，一点毛病都没有！"

"你的毛病顶大！"颂蕊插了嘴。

"老四！"颂超瞪着颂蕊，"你又晓得了？我有什么毛病，你说！"

"妈妈的肚子里，有几个弯几个转，谁不知道？"颂萍又接了口，"你以为你升了设计主任，青年得志，妈就满足了？生了三个女儿，就你这么个宝贝儿子，二十五岁了，还只管在姐姐妹妹堆里混，长得嘛，也是一表人才，怎么连追女孩子都不会？鹏远！"她忽然很有威严地叫了一声。

"有！"黎鹏远忽然被太太点到名，立即响亮地答应，完全是"军事化"的。

"你把你追女孩子那一套，去教教老三！"颂萍命令地说。

"我？"黎鹏远愕然地瞪大眼睛，"我记得我追你，是教你骑摩托车，你这小姐，自己骑上去就横冲直撞，对着一面墙，砰地就撞了上去，当场头破血流，眼看要一命归阴，我把你抱到医院里，医生看你头上破了一大块，气呼呼地问我：你把一位如花似玉的小姐，摔成这个样子，你预备怎么办？我以为你八成没命了，红着眼眶说了一句：我娶她！谁知道你小姐命大，又活了过来，我只得乖乖娶了你啦！我怎么算'追'你？这一套教给老三，叫他怎么派用场？"

他这一说，满屋子都笑成了一团。因为，当初确实有这么回事，至今，颂萍额上还有个疤，所以，她总在前额垂上一绺发卷儿，遮着那个伤疤。颂萍自己也笑，一面笑，一面推着黎鹏远："看样子，还是我用苦肉计，把你给钓上了！"

"本来就是嘛！"黎鹏远居然得意扬扬。

"别得意！"颂蘅又来帮姐姐了，"老大是要你把你在外面追女孩子的那一套教给老三！"

"外面，什么在外面？"

"别装傻啦！"老四颂蕊娇滴滴地说，"黎大公子，要不要我报几个名字给你听听呀！"

"别！别！别！"黎鹏远一迭连声喊，他确实在外面有过一些小小的风流账，都是商场中的应酬而留下的，原没什么大了不起，怪只怪他自己不知保密，还常常要沾沾自喜地讲给"二三知己"听，偏偏这"二三知己"和虞家姐妹也"知己"，他的这些小风流就落了个尽人皆知，而且被辗转夸张，变成了大风流了。颂萍一度还为这事和他闹了个不可开交，好不容易才事过境迁。颂萍的个性，本来就相当豁达，也相当幽默。一旦原谅他了，也就干脆拿来作为"开玩笑"的材料，反正虞家上上下下，都知道他那笔账了。但是黎鹏远呢，对这旧事重提，就大感吃不消了，只因他在基本上，对颂萍就有歉意，而又"很不争气"地"爱妻情深"。"老四，你饶了我吧！不要让我每次一来你们家，就心里怕怕！"

"你如果做事正正，怎么会心里怕怕？"颂蕊仍然得理不饶人。

"嗯哼！咳咳咳！"黎鹏远忽然又哼又咳起来。

"怎么啦？"颂萍又气又笑地瞪着他，"你是感冒了，还是喉咙出了问题？"

"不是不是，"黎鹏远是聪明人，知道最好的办法是改变目标，"我们来研究研究老三的问题，他今年二十五了，还没有女朋友……"

他的话还没说完，电话铃忽然响了，颂蕊就近接了电话，立刻，她用手盖在听筒上，皱着眉头，怪怪地说："怎么说到曹操，曹操就到了！老三！是你的电话，一个姓林的女孩子，说话嗲声嗲气的！"

颂超像被针刺一般跳了起来，慌忙又摇头又摇手，一迭连声地说："告诉她我不在家，告诉她我……出差了，被公司派到高雄去了，不不，派到美国去了，要三个月……不不，要一年半载才会回来！"

颂蕊狠狠地瞪着他。"你把别人都当作傻瓜是不是？还是你自己头脑不清楚？派到美国去了？还派到非洲去了呢！人家明天一早，打电话到你公司里一问，岂不就穿帮了！"

真的。颂超急得直抓头。

"反正，随你怎么说，帮我回掉就对了！"他说。

颂蕊移开了压在听筒上的手，干脆利落地说："他出去了！不知道几点钟回来！什么？……我是什么人？我是他未婚妻！"她把听筒重重地挂上，望着颂超笑："好了，帮你彻底解决问题！"

"我不懂，"黎鹏远说，"你们口口声声说老三没女朋友，怎么有女孩打电话来，你们又给人家钉子碰！"

"那女孩惹不得，"颂蕊直摇头，"我见过一面，黎大公子，和你喜欢的那个小野猫还是小狐狸的有异曲同工之妙……"

"嗯哼！咳咳咳！"黎鹏远的喉咙又出毛病了。

颂超望着这满屋子的人，忽然间就情绪低落了。得奖的喜悦已从窗口飞走。他悄悄地离开了人群，悄悄地走上楼，悄悄地回到自己屋里。把房门紧紧关上，他把自己重重地掷在床上，仰躺在那儿，他用手枕着头，望着屋顶，开始怔怔地发起呆来。依稀仿佛，他眼前就浮起了一个人影。黑亮亮的眼珠，白嫩嫩的皮肤，亭亭玉立，白衣胜雪，像黎明前天际的第一缕曙光，幽柔中绽放着亮丽，清雅中透露着灵慧。他叹口气，翻一个身，望着窗外的天空，心里忽然充满了烦躁和不满的情绪。虞颂超啊虞颂超，他喊着自己的名字。你是怎么啦！你就像佩吟说的，你幼稚，无知，不成熟！你像个从没见过女人的花痴！怎么见一个爱一个呢？起先，你被佩吟的"忧郁"吸引。然后，你无法抵抗维珍的"诱惑"，现在，你又觉得纤纤是人世间找不到的稀世奇珍了！虞颂超啊，你有没有问题？他再翻一个身，把脸埋进枕头里，纤纤的巧笑倩兮，纤纤的笑语呢喃仍然在他耳际和眼底晃荡。不行！他从床上坐了起来。他必须想方法接触这个女孩，否则他要发疯了。这些日子来，自从在佩吟的小院里见过纤纤以后，他就无法把这少女的影子从他心版中抹掉了。至今，他记得她那清脆而欢愉的声音，像一串风铃在轻响，像一只鸟儿在低唱："这盆黄花名叫金鱼草，很奇怪是不是？花的名字偏偏叫草……"

他再躺下去,又坐起来,再躺下去,左翻身,右翻身……就摆脱不掉那萦绕在脑海里的影子。然后,他又一次,像弹簧般跳了起来,走到洗手间里,面对着镜子,他对自己说:"你只见过她一次,你根本不了解她。佩吟说你不够成熟,你已经做了许多傻里傻气的事,你不能再傻了。除非你和她很接近,除非你了解了她整个人,否则,你只是以貌取人而已。所以,第一步,你该和她有进一步的认识和接触!"

怎么进一步地认识呢?怎么进一步地接触呢?最简单的办法,是打个电话给佩吟,她一定很乐于帮他忙的。但是……虞颂超啊虞颂超,你怎么什么事都要别人帮忙呢?你几时才能独立?你几时才能长大?你几时才能成熟?

他忽然像一阵风般冲出了房间,卷下楼梯,在满屋子人的惊愕下,直奔出客厅。何子坚扬着声音喊:"老三!老三!你干什么?你到哪里去?"

"我去衡阳路,"他喊,"我要买一点东西。"

他确实买了很多东西,他走遍了衡阳路每一家书店,抱回来一大沓书,包括:植物学、园艺学、花卉学、观赏花木学、花卉语言学、庭园修护学、热带植物学、暖房花卉学……以至于虞无咎夫妇,都以为这傻小子要改行学植物了。

然后,有一天,纤纤正在客厅里和奶奶聊天,吴妈忽然跑了进来,对纤纤说:"小姐,花匠又来啦!他说他带了几种最稀奇、最名贵、最少见的花儿来!"

"是吗?"纤纤又惊又喜,一面往屋外奔去,一面问,

"是不是高老头,他上次答应帮我找花儿的!"

"不是高老头,是个小伙子,"吴妈说着,"大概是高老头的儿子!我已经把他带到竹林后面那块空地上去了!他搬了十几盆花儿来呢!"

纤纤走出了客厅,穿花拂柳,她姗姗而行,穿过竹林,她来到了那块她正在整理中的空地上。这空地一边是竹林,一边是荷花池,铺满了草皮。本来,赵自耕买下这栋房子的时候,是预备把这块草地修成一个小高尔夫球场的。后来,因为他太忙,也因为他根本不打高尔夫,这空地也就一直空着。自从纤纤决定不考大学,他怕她太空闲,就故意安排她来把这空地变为花圃。多日以来,纤纤也为这空地动了不少脑筋,却只在靠竹林的边缘上,种下一排金盏花,荷花池畔,种了几丛秋天开花的唐菖蒲,因为,秋天马上就来了,她一心希望给父亲一个花团锦簇的秋天和冬天,偏偏秋冬的花很稀少,也不是很好的下种季节,所以她就因求好心切,反而犹豫了。

现在,她一走出竹林,就看到那"小伙子"了。他身材高大,肩膀很宽,满头浓发,穿着件简单的白衬衫,一条已洗白了的牛仔裤,他正抱着双手,在打量那块空地,他的脚下,姹紫嫣红,堆满了盆景。而他那昂然挺立的模样,却一点也不像个花匠——他浑身上下,都有种说不出的高贵,和某种文雅的气质。听到脚步声,他转过头来了,面对着她。她不自禁地一愣,老天,这小伙子她认得呀!那宽宽的额,那闪亮的大眼睛,那带着稚气的嘴角……她明明在韩家见过呀！老天哪！吴妈居然把人家当花匠，他是商业界名流虞无咎的独生儿子呀！纤纤张大了嘴，一脸的惊愕，一脸的笑意，再加上一脸的歉然。颂超目不转睛地看着她。今天，她穿了件嫩绿色的洋装，好嫩好嫩的绿，长发上，打了两个小绿结。她像一株最最娇嫩的铁线草。她脚步轻盈，迎风而立，衣袂翩然，又如弱柳扶风。他再一次，被她那纤尘不染的清雅所眩惑了。

"噢，原来是你呀！"她笑着，笑得纯纯的、柔柔的、天真的、微带着稚气和娇羞的，"我记得你的名字，你叫——虞颂超，对不对？"

"对！"他的心在欢唱了，因为，她——记得他的名字！她"居然"记得他的名字！

"纤纤，"他故意直呼她的小名，来打破两人间的距离，"我给你送花来了！"

"噢！"她用手蒙了蒙嘴，那小手又白皙又娇嫩，那动作又天真又迷人，她要笑，一个劲儿地要笑。"从来没有人'送'花给我，怪不得，怪不得……"她直要笑。

"怪不得什么？"他问，感染了她那份天真的欢乐，他也想笑了，笑容不知不觉就堆满了他的脸。

"怪不得吴妈以为你是花匠呢！"

"我是花匠，"他收起笑，一本正经地点点头，"我来教你种花呢！"

"你——教我种花吗？"她惊讶地挑起了眉毛。

"是的，你来看，"他伸手把她拉过来，当他的手一接触到她那光滑的手腕,他就像触电般觉得全身都震动了,他慌忙松开手,糊里糊涂地问,"你身上有电吗?"

"有电?"她更惊讶了,"你在说些什么?"

"别理我!"他说,"我有时候说话没头没脑,你的韩老师批评过我,说我是个傻小子!"

"是吗?"她笑得更甜了,提到韩老师就使她的心更加欢愉了。"韩老师也教你吗?"她天真地问。

"唔,这个——"他有些尴尬,接着,就很坦然了,他想了想,正色说,"是的,她也教我。"

"她教你什么?"

"教我——"他拉长声音,慢吞吞地说,"如何做人,如何独立,如何认清自己,如何长大,如何成熟,如何思考……还有其他很多很多东西!"

"啊!"她亲切地盯着他。"她是个好老师,是不是?"她崇拜而热烈地问。

"是的,是世界上最好最好的老师!"

她快乐地微笑了,心无城府地微笑了。她凝视着他的脸,因为他也是韩老师的"学生",她就觉得他简直和她是一家人了。她的眼光亲切而关怀,"你说——你也会种花?"她怀疑地问。

"怎么?不像吗?"他反问。

"不像不像,"她拼命摇头,头上的小绿蝴蝶在飞舞,"你好壮好强,像个运动健将!"

"我确实是个运动健将,我会打篮球,会踢足球,会游泳，会赛跑……但是，我还是会种花！"

"哦！"她钦佩而羡慕，她的目光移到那些盆景上去了，首先，有株绿色的，多肉的，却亭亭玉立而枝丫分歧的植物就吸引了她的注意力，她从没见过这种植物。"这是什么？"她问。"这叫做绿珊瑚。"颂超说，"你看！它像不像一株珊瑚树？却是绿颜色的！""真的！"她惊叹着，又转向另一株有宽大的绿色叶子，却开着鲜红的花，花瓣细长而倒卷，每瓣花瓣都有黄晕的边，花茎细长，在微风中摇曳生姿，她着迷了。"这又是什么？"

"这是嘉兰。"他说，"是一种非洲植物，台湾现在培养得也很好。我刚刚看了你的花园，你所种的花，大部分都是春天开的，像羽扇豆、报春花、番红花、三色堇、杜鹃花、天竺葵、长寿花……属于夏天和秋天的，只有金盏花和菊花，鹿葱也是很好的。不过你该再种点秋冬的花，那么，一年四季，你的花园都会一片灿烂了！"

"啊呀！"她由衷地惊呼着，"我就是找不到秋冬开的花呀！""找不到吗？其实很多。像嘉兰就是一种，它到冬天还开花，另外，像金钟花、射干花、木芙蓉、南洋樱、水仙花、麒麟花……""有花的名字叫麒麟花的吗？"她越听越惊奇，原以为自己懂得很多花，和这个"小伙子"一比，她简直像个无知的傻丫头了。他移过一盆植物来，有些像多刺的仙人掌，枝子都有刺而多肉，却开着一朵一朵小红花。

"这就是麒麟花，它有红色和黄色两种，事实上，它全年都能开花，只要你养得好。但是，秋冬两季，它的花开得特别好。它需要阳光,需要排水良好,需要沙质的土壤,当然,它和所有的花一样,需要照顾和关心。"

她目不转睛地瞪着他,完全折服了。

"你肯——教我吗?"她虚心地、祈求地问。

"我就是来教你的呀!"他说,在她那水灵灵的大眼珠下有些瑟缩了,这句话才出口,他就有些脸红。别过头去,他不知不觉地用手抓抓头,嘴里叽里咕噜地自言自语:"天灵灵,地灵灵,我这现买现卖,别穿帮才好!"

"你在说些什么?"她好奇地绕过去,正视他的脸。她脸上是一片崇拜与温柔。"你瞧,我爸爸把这片空地交给我,要我把它变成一个花圃,你说,我们该种些什么花?"她已经自然而然地用起"我们"两个字来了。

他对那空地正眼打量了片刻,兴趣真的来了。在草地上席地而坐,他从口袋里掏出一张纸、一支笔,开始画起"设计图"来了。她不懂他葫芦里在卖什么药,也往他身边一坐,她那宽大的裙子铺在草地上,像一片深绿中的一抹嫩绿。她伸长了脖子,去看他画的图。他画得很快,一个弧形的顶,弧形的门,圆木的支柱……老天,他似乎想在这空地上盖房子呢!

"不是不是,"她急急地说,"我们的房子已经好大好大了!等会儿我带你去看,我们不需要房子,是需要花圃,我是要问你,该种些什么花?"

他放下设计图,抬起头来,注视着她。"我画的不是人住的房子,是花住的房子,你家花园什么都有了,单单缺少一个玻璃花房。这块空地,正好可以建一座玻璃花房,你知道吗?有很多花都要在暖房里养的,像兰花,各种的兰花,像鹿角羊齿,像黄金葛,像凤梨花,像千年木……事实上,你造一个玻璃花房,只要培养兰花就够了,你知道兰花有多少品种吗?有君子兰、香雪兰、洋兰、新美娘兰、一叶兰、小苍兰、绣线兰、文珠兰……简直数都数不清,颜色也多,红的、白的、紫的、蓝的、黄的、杂色的、有斑点的……可以看得你眼花缭乱,而且,只要湿度温度都对,这玻璃花房可以一年四季开花。你想想看!纤纤,一座玻璃花房,里面吊满了花,阳光照下来,五颜六色的,能有多美!"

纤纤深吸了口气,脸发光,眼睛发亮。她已经被颂超勾出的画面迷住了。她忘形地用双手抓住他的手腕,急促地说:"你画呀!画给我看呀!"

他继续画了下去,画得又传神,又逼真,他把那花房本身就设计得像一个艺术馆一般,她越看越惊奇,越看越迷惑了。"这只是个大概的图形,"他解释地说,"真要建造的话,我还要量量这空地的大小,留出必要的空间,再画一个正式的建筑图。"她呆呆地凝视他,长睫毛一瞬也不瞬。

"你怎么会画建筑图?"她纳闷地问。

"因为我是学建筑的。"他说,"而且,我正在一家建筑公司做事!"

"你是学建筑的!"她"大大"地惊叹了,"噢,你怎么这么这么这么聪明呀?你学建筑,会设计房子,你会运动,你还会种花!啊呀!"她"大大"地喘气,眼睛"大大"地睁着,声音里充满了"大大"的崇拜。"你怎么这么这么这么聪明呀!"

他的脸蓦地发热了,在她那单纯的信赖下感到惭愧了,在她那纯洁而天真的崇拜下汗颜了。他坐正了身子,深深地看着她,他的眼光简直无法离开她那皎皎如皓月,朗朗如明星的眼睛。他叹了口气,真挚地说:"听我说,纤纤。我懂得建筑,懂得运动。但是,我一点也不懂得种花。"

"怎么可能呢?"她不相信地,"你知道那么多花名,你知道它们的特征、颜色、生长期、开花期……"

"那都是临时恶补的!"他坦白地说。

"临时恶补?"她轻轻地皱拢眉头,困惑地看他,"我不懂。"

"让我坦白告诉你吧!"他粗声地说了出来,"自从那天我在韩家见过你以后,我就完蛋了。我想过各种方法来接近你,都觉得行不通。然后,我想起你爱花,我就去买了它十几二十本花卉学,背了个滚瓜烂熟,再跑到士林一家花圃里,跟那个花匠当学徒似的磕了它好几天。这样,我今天就以花卉专家的姿态撞上门来了!"

她扬着眉毛,仍然睁大了眼睛,静静地听着。在她眼底,那抹惊愕和困惑更深了。"你是说——你为了我去学这些花呀草呀的学问?"

"是的。"

她的睫毛垂下去了,盖住了那两颗乌黑的眼珠,她的头也低下去了,下巴颏儿藏到衣服里去了。她坐在那儿,双手交握地放在裙褶里，一动也不动了。

颂超心慌意乱地看着她，完了！他心里想着，他又弄砸了，他真想打自己一耳光，他这张嘴，就不会少说几句吗？已经下了那么多功夫，却在一刹那间又弄砸了。他咬紧牙关，心脏开始绞扭起来。闷坐在那儿，他也一句话都不敢说了。

时间不知道过去了多久，终于，她的头抬起来了，睫毛也悄悄地扬上去了，她望着他，静静地望着他，她眼里是一片光明，一片灿烂，一片激动，一片喜悦，一片可以把人融化的温柔。"谢谢你。"她低声说，声音柔得像梦，轻得像风，温馨得像晚香玉的香醇。"从没有人为我这样做过。"她轻哼着，"你使我想哭。"她眨动眼帘，眼睛里真的充斥了泪水。

"哦！"他低呼了一声，喜悦和激动像一个大浪，对他扑卷而来，把他整个都淹没了。他伸出手去，想握她的手，又不敢去握，怕会亵渎了她。想拥她入怀，更不敢，怕会冒犯了她。毕竟，这才是他们第二次见面！在这一瞬间，他终于明白了什么是爱情，原来，它不只有怜惜、有宠爱，还有更多的尊重、崇拜与那种令人心酸的柔情和甜蜜！

这一整个暑假，佩吟都是轻飘飘的、昏沉沉的，而又忙碌得天昏地暗的。幸好家里请了阿巴桑来帮忙，因为她很少在家，服侍母亲的工作，也由阿巴桑代劳了不少。好在，这些日子来，韩太太的病情正处在"稳定状态"，有一大段时间，她没有很恶劣地发作了。而且，她自从佩吟跌倒在玻璃上受伤以后，心里也有一些明白了。毕竟母女连心，她对佩吟的折磨也暂时停止了。韩永修忽然发现，虽然季节已经往秋季迈进，而佩吟的身上、脸上、眉间、眼底、嘴角、衣襟上、袖子上，处处都带着春天的气息。春来了。他凝视着佩吟，一日比一日更深地发现，青春忽然间就回来了。喜悦、欢愉、满足和幸福像是青春的副产品，也随着佩吟的一举手，一投足之间，就抖落在那狭隘而简陋的小屋里了。

于是，韩永修明白了一件事，他必须和赵自耕好好地谈一次了。在他还没提出要谈话的要求之前，赵自耕却先来拜望韩永修了。于是，有一天晚上，在韩家那简陋的，由日式房子改建的小客厅内，赵自耕和韩永修就有了一次很密切的倾谈。那晚，佩吟是有意避了出去，她认为，这种谈话，她在场可能会很尴尬。她跑到颂薇家里去聊了一个晚上，当她回家时，夜色已深，赵自耕也已告辞回去了。

韩永修背负着双手，兀自在房里踱着步子，他那充满智慧的眼睛里，带着一抹深思的神色。佩吟悄眼看着父亲，一时之间，颇有些担心，她不知道赵自耕和父亲到底谈了些什么。她很了解，父亲的个性相当孤介，而赵自耕却又一向就有些高傲，言辞又往往过于锋利。她真怕这两人的谈话并不投机。看父亲那样一脸的深思，一脸的郑重，她心想，完了！韩永修本来就认为赵自耕名声不好，现在一定更加深了他的恶感，假如父亲要自己和赵自耕断绝来往，她真不知道该怎么办才好。她开始有些懊悔，当时自己实在不该避开的。

"爸爸！"她怯怯地喊了一声。

韩永修深深地凝视她，在沙发里坐了下来。握着茶杯，他慢吞吞地啜了一口茶，终于开口了："佩吟，你当然知道赵自耕是为什么来的了？"

她有些困惑，说真的，她只认为赵自耕是来作"礼貌的拜访"，为未来的关系铺一条路。

"他一直说要来拜见爸爸。"她轻声说。

"不只拜见！"韩永修盯着女儿，"他很开门见山，他要求我允许他娶你！换言之，他是亲自来求亲了！"

"哦！"佩吟睁大了眼睛，她也没想到，赵自耕会说做就做的。她注视着父亲，眼睛里有着关怀，有着担心，有着祈盼，有着紧张，还有着兴奋。

"佩吟，"韩永修仍然是慢吞吞地、仍然是不慌不忙地、仍然是深思地，"我要问你一句话，你——很爱他吗？愿意嫁他吗？"

"哦！爸爸！"她喊着，低下头去了。她没有正面答复这句话，但是，她的眼光，她的神情，她的热烈的语调……都已经肯定地答复过了。

"那么，你是愿意嫁他的了？"韩永修再问了句。

她轻轻地点了一下头。

韩永修默然片刻。

她有些不安，悄悄地抬起眼睛来，她低低地问了句："你——不赞成吗？"

韩永修盯着她。"过来，佩吟！"他喊。

佩吟像个待宰的小羔羊，她挨到了父亲面前。

韩永修伸手握住了佩吟的双手，把它们握得紧紧的。韩永修的手已又干又瘦，佩吟的却软如柔荑。

"赵自耕是一个很有魄力，很男性，也很有声望的男人，他上面还有老母在堂，下面有个十八岁的女儿。当这样一个男人的妻子，会非常累，非常不容易。可是，佩吟，你曾经应付过更难应付的环境，你善良而好心——所以，我相信，你会做个很成功的妻子！"

佩吟很快地扬起头来，满眼睛闪着光，她喘着气说："爸，你答应啦？"

韩永修微笑了。"要不答应他，是件很难的事，他很有说服力。他能言善道。而且，他太坚决，太果断，太激烈。使我怀疑，万一我不答应他，他会不会把你拐跑？说真话，佩吟，我并没有想到，我会有一个有名有势的女婿，我也不愿意你嫁一个比你大这么多的男人。但是，咳，"他的笑意加深了，"自耕说得好，他说，除了他以外，还有什么男人，能够欣赏你的成熟、独立、固执和坚强？他说，任何小伙子，在你面前，都会变成孩子！你需要一个成熟的、经历过人生的、看过世界的男人！这男人，不可能太年轻，所以，他是唯一的人选！"

佩吟微张着嘴，微挑着眉毛。

"他——这样说的吗？"她惊叹地问，"我已经一再警告他，要谦虚一点。他居然还是这样故态复萌！"她摇摇头，叹口气，"他是不可救药的高傲啊！"

"如果他不是这样高傲、这样自信、这样果断，你会爱上他吗？"韩永修问。

佩吟的脸红了。"哦！爸爸！"她轻轻地喊着。

"你瞧，我了解你的。"韩永修再紧握了女儿的手一下，放开了她，大声说，"好了！我的一块石头也落地了！自耕说希望在年底结婚。你也不小了，早就该嫁了，可是，我已经告诉了自耕，我给你的，除了一脑子诗书，一肚子才华外，实在没有更好的陪嫁了……"

"噢，爸爸！"佩吟惊唤着，"你也够谦虚啊！"

"怎么？你不是吗？"韩永修宠爱地看着女儿，"你实在还有很多优点，像你的善良，你的孝顺，你的吃苦，你的忍辱负重……"佩吟跪下身子，匍匐在父亲膝上，她满眼眶泪水。

"爸，"她幽幽地说，"你有一项极大的缺点，你知道吗？"

"是什么？"

"你太宠孩子了！女儿，永远是自己的最好！"

韩永修怜惜地用手抚摸佩吟的头发，在喜悦之余，心里也有种酸酸涩涩的情绪。他真不知道，佩吟嫁出去之后，他如何在这个家庭中待下去？他老了，妻子病了，儿子死了……生命剩给他的，到底还有些什么？

"爸，"佩吟在他膝上悄问，"妈妈知道了吗？"

"她应该听到一部分，"韩永修也低声答，"你知道我们这些木板门，根本没有隔音的效果。不过，她没出来，自耕也没见到她。我想，还是缓一步再说，因为我没把握，她知道详细情形之后，她的反应会怎么样？"

佩吟点点头。心里却在想着同一个问题，她嫁了之后，爸爸怎么办？可怜父老母病，唯一的弟弟，又少年早逝！她想了想，更深地腻在爸爸怀中，她忽然像个小女孩儿。但是，她的声音却是沉着、肯定、温柔而固执的："爸爸，我向你保证，你绝不会失去一个女儿，只会多一个儿子！"

韩永修低叹了。佩吟啊佩吟，你实在是个难能可贵的女儿啊！但愿天也有知，地也有灵，保佑你一生幸福，保佑这件婚事，是绝对的正确吧！

于是，这婚事公开了。在赵家，这简直是翻天覆地的大喜事。奶奶拉着佩吟的手，左看右看，前看后看，就不知道该怎么表示她的喜悦和欢欣，她不住口地说："吴妈，我跟你讲过，佩吟长得一股聪明样儿，又有学问又能干又机灵，将来不知道哪个有福气的人能娶到她。我可再也想不到，我这个牛脾气的宝贝儿子，会捡到这么大的便宜！"

"妈！"赵自耕喊，"别太宠她！她已经把我压制得大气都不敢出一声了，你再宠她，她就更不像样了！"

"听听！"奶奶又气又笑，"还说人家压制你呢，你这是什么话？当着我的面就要欺侮人！佩吟，"她一个劲儿地拍抚着佩吟的手背，"我告诉你，你别怕自耕，将来他如果敢动你一根汗毛，你告诉我一声，我会教训他！"

"完了，"赵自耕躺在沙发里翻白眼，"我以后的日子大概不会好过了！"

"奶奶，"佩吟仍然跟着纤纤的称呼喊，"他不会欺侮我的，我还有纤纤帮忙呢！"

"噢，你该改口了！"奶奶说，"你可得叫我一声'妈'了！"

佩吟红了脸，纤纤睁大了眼睛，在一边又好奇，又兴奋，又怀疑地问："奶奶，以后咱们这该怎么称呼呀？我是叫韩老师呢，还是该改口叫一声'妈'呢？"

佩吟的脸更红了。正想说什么，老刘跑进来叫纤纤了，他恭敬地说："小姐，虞家少爷叫你去看花房呢！"

"噢！"纤纤喜悦地答应了一声，满脸的阳光，满眼睛的幸福，抛下奶奶和佩吟，她一转身，就像只小小银翅蝴蝶一样，翩然地飞出去了。

客厅里，赵自耕望着纤纤的背影，他怔了怔。忽然从沙发中跳起来，一把拉住佩吟的手，他对奶奶说："对不起，妈，我想和我的未婚妻单独谈一谈！"

"哟！"奶奶笑着叫，"吴妈，你瞧，已经讨厌我们啦！"

第八章

赵自耕不理母亲的调侃,他拉住佩吟的手,把她一直拉进了书房里,把房门合上,他立刻把佩吟拥入怀中,深深地吻她。吻完了,他抬起头来,凝视着她。她羞红着脸,对他轻声地埋怨着:"怎么回事吗?人家正和你妈谈话,你也不分轻重,把我拉进来干吗?"

"有事情要审你!"赵自耕说。

"审我?"佩吟愕然地看着他,"你又犯毛病了吗?你又以为你在法庭上了吗?我有什么事要被审的?"

"你看到了,我家正在大兴土木。"赵自耕说。

"嗯。"佩吟哼了一声,心里有点明白了。

"我们在造一座玻璃花房。"他再说。

"嗯。"她又哼了一声。

"你当然知道是谁出的主意,是谁在那儿监工,是谁把纤纤弄得神魂颠倒了。"

"嗯。"她再哼了声,用牙齿轻咬着嘴唇。

"好。"他盯着她,"很久以前,你告诉我,你有一个约会,那约你的男孩子是虞无咎的独生子,名叫虞颂超。你能不能跟我解释一下,现在和我女儿在一起的这个虞颂超,和以前约会你的那个虞颂超,是不是同一个人?"

"是的。"她简短地回答。

"那么,这是怎么一笔账呢?"他又咄咄逼人了。

"你如果不那么凶,我就告诉你。"她说。

"我凶了吗?"他惊愕地。

"很凶。"她点点头,"你又凶又辣,你把我当成敌对的那一方的证人,你正在审问我,我不喜欢这种问话方式。"

"哦?"他挑起眉毛,"不要因为你答不出问题,就先给我加罪名。"

"你的每个问题,我都答复过了。"她说,瞪着他,"不过,我也有问题要问你,"她想了想,说,"很久以前,我告诉你,虞颂超和我有个约会,要陪我去医院换药,对不对?"

"对。"他同意地。

"约会两个字,并没有特别的含意吧?你可以和你的亲人有约会,朋友有约会,甚至兄弟姐妹有约会,你昨天还告诉我,你和你的委托人有'约会'。"

"嗯。"这次,轮到他来"嗯"了。

"虞颂超是我最要好的一个同学的弟弟,我认识他已经快十年了,他和我死去的弟弟差不多大,在我心里,他就像个弟弟,事实上,他也比我小两岁,这种感情,是不是很自然?"

"嗯。"他又嗯了一声。

"既然颂超像我弟弟一样,他陪我去医院换药,有什么不对吗?"

"没有。"他闷声说。

"你约我吃中饭那天,你记得吗?你相当傲慢,而且是盛气凌人的。""哦?"

"我提出颂超来,一来想气气你,二来那也是事实,我总不能为了你临时起意,要请我吃中饭,就把颂超丢在一边不理吧?做人总不能这样没信用吧?""嗯。"

"我和虞家三姐妹都是好朋友,你当然也知道了?""嗯。"

"颂超偶尔来看看我,把他交女朋友的'驴'事告诉我,并不奇怪吧?""嗯。"

"然后,有一天,颂超来告诉我他的一件'不成熟'的经验,刚好,你派纤纤来我家,给我送花来,他们就在我家的小院里遇到了。我当然应该帮他们彼此介绍一下吧?""嗯。"

"你当然知道,纤纤是个人见人爱的女孩,对不对?""嗯。"

"纤纤快十九岁了,正是少女情窦初开的时候,颂超快满二十五,正是男孩子最需要爱情的时候,他们彼此吸引,彼此做了朋友,有什么不对?"

"嗯,哼,咳,没有,没有不对。"赵自耕讷讷地说着。

"那么,你对我还有什么不满的地方?""有!"

"是什么?"

他把她拉进怀里，狠狠地盯着她的眼睛。

"你咄咄逼人，你又凶又辣，你把我当成敌对那一方的证人，你正在审问我，我不喜欢这种问话方式！"

她抿着嘴角，要笑。心里在暗叫惭愧，幸好她没有被颂超的孩子气打动，幸好她只把颂超看成弟弟，幸好她和颂超间纯纯洁洁，没有丝毫纠葛。否则，今天这笔账还真不好算呢！赵自耕看着她唇边那个笑，看着她那晶莹剔透的眼珠，想到自己这鼎鼎有名的大律师，竟被她振振有词地逼得好不狼狈，他就又折服又心动，又想笑……而且，她解开了他心里的一个结，那虞颂超和纤纤，实在是金童玉女，郎才女貌……他四十多岁的人，都会被爱情捕捉，何况少男少女呢？他吸口气，努力忍住笑，做出一股十分威严的样子来。

"我要警告你一件事！"他说，眼睛在镜片后闪光。

"是什么？"

"你以后不许'审问'我！"

"嘀！"她睁大眼睛，"这话好像该我来说！"

"该我说！"他斩钉截铁地，"我已经当了律师，无可奈何了。可是，家里有一个律师就够了，不需要第二个！所以，像刚刚那种回话方式，再也不许用了！"

"不许吗？"她哼着，"我是跟你学的！"

"不许学！"

她耸了耸肩，挑了挑眉毛，眉端轻蹙在一块了。

"你知不知道一件事？"她问。

"是什么？"

"你霸道，你自私，你傲慢，你不讲理……"

"等一等！"他打断她。

"怎么？"

"你说'一件事'，但是，你已经说了四件了！"

"哇！"她忍无可忍地大叫起来，"我真受不了你！你简直是……简直是……简直是……"她想不出该说什么，就瞪大眼睛瞅着他。

"简直是可爱，对吧？"他居然接口说。

"哇！"她又叫，"你不会害臊吗？"她转身就向门口走，嘴里自言自语："我要去找颂超……"

"找颂超？"他的心跳了跳，似乎仍有余悸，"你还要故技重施吗？怎么又要找颂超？人家已经是我女儿的男朋友！"

"你想到哪儿去了？"她跺跺脚，"我是找他去要把计算尺！"

"要计算尺干什么？"他不解地。

她瞪着他，大声说："量一量你的脸皮有多厚！"

他一把把她拉进了怀里，他的嘴唇紧紧地、紧紧地、紧紧地……压在她的唇上。他深深吻她，似乎想把自己所有的感情，所有的热爱，所有的激赏……全借这一吻而表露无遗。好久好久，他才抬起头来，不再开玩笑了，他望着她，他的眼光诚恳而温柔，真挚而热烈，他喃喃地说："佩吟，佩吟！天知道我有多爱你，天知道我有多欣赏你！天知道我有多佩服你！"

她抽了口气，一下子就匍匐在他胸膛上，她听到他的心跳：扑通，扑通，扑通……跳得好沉稳，好有力，好亲切，好规律……她闭上眼睛，一心一意地倾听着这心跳。所有属于她的苦难，她的过去，她的失恋，都已经消失了。现在，她幸福，她只觉得无边无际的幸福，像浩瀚的海洋般包围着她，簇拥着她，淹没着她。她叹了口气，用手臂紧紧地环抱着他的腰。

"你在干什么？"他轻抚着她的头发。

"听你的心跳。"她悄悄笑着，"它跳得好美。"

"是吗？"他的眼眶有些潮湿，"从没有人这样说过，我不知道心跳也可以用'美'字来形容。"

"可以的。"她虔诚地说，"因为——这颗心是属于我的！我觉得它美，好美好美！"

"可是，"他感动地叹息，"我还有很多缺点，是不是？我霸道，自私，傲慢，不讲理……唉，佩吟，我会改，我答应你，我会改。为你而改。"

"你不用改，"她轻轻摇头，她那小小的脑袋在他胸膛上转动着，"它们也很美。"

"什么东西也很美？"

"你那些缺点！"

"是吗？"他惊叹地。

"是的。"她好轻好轻地说，声音柔美得像一支歌，"当你恋爱的时候，你一定要把对方的缺点一起爱进去，那才是真正的爱了！"他紧拥着她，眼眶更潮湿了。

她也紧贴着他，用她的全心灵，在体会着"幸福"，接纳着"幸福",拥抱着"幸福"。

"幸福"会是一阵风吗?会"来得急",而"去得快"吗?许多年前,佩吟也曾经以为她拥有过幸福,那时,弟弟没死,妈妈没病,维之和她正陷在疯狂般的热恋里。可是,曾几何时,所有的事都变了,弟弟死了,妈妈病了,维之变了心。属于她的"天堂",一下子就变成了"地狱"。所有的"欢笑",都成为"哭泣"的前奏,使她在好长的一段时间里都宁愿自己从未认识过什么叫"幸福",那么她也比较容易接受"不幸"。现在,"幸福"又来了,比以往更强烈,更珍贵,因为,她是先认识了"不幸",才又接受到"幸福"的。这"幸福"就像一件稀世奇珍般,被她那样珍惜着,那样崇敬着,那样牢牢地抱在怀里、紧紧地拥在心头。

但是,她抱得牢这"幸福"吗?

事情发生在一天下午,她的学校快开学了,上午,她还参加了学校的"校务会议",她推辞了当"导师"的职务,因为,她预料她会有个忙碌的秋天。下午,赵自耕要出席一个商业界的酒会,然后还要去办公室处理一些事情,佩吟始终没有弄清楚赵自耕到底有多少事业,也并不太关心这个。她和赵自耕约好晚上再见面,因此,那天的下午,她是很空闲的。可是,门铃响了,阿巴桑跑来告诉她,外面有一位先生要见她。她走到大门口去,心里很轻松,小花园里的金盏花和金鱼草都在盛开,她想起赵自耕所谓的"别离了,傲慢!"就想笑,就觉得满心怀的欢愉和感动之情。

大门开了，站在门外的，出乎她意料之外，竟是赵自耕的秘书苏慕南！她有些惊讶，第一个念头就是赵自耕改变计划了，他等不及晚上再见她，而要提早接她去某个地方见面，他常常会来这一手的，不过，他通常都派老刘来接她，而且事先总会给她一个电话。她伸长脖子，看了看，没看到老刘和那辆"奔驰"，却看到苏慕南自己的那辆"雷鸟"。

"噢，苏先生，"她笑着说，"是自耕要你来找我吗？有什么事吗？"

"唔，"苏慕南哼了一声，微笑着，温和地说，"上车好吗？"

又是这样！这就是赵自耕！连他的秘书也学会了他那一套"温和的命令式的邀请"。她叹口气，仍然欢愉着。你爱一个人，是要连他的缺点一起爱进去的！这是自己说过的话哪！

"是他要你来接我？好吧，你等一等，我去告诉爸爸一声，再换件衣服！"

"不用换衣服了！"苏慕南说。

她耸耸肩，也罢！赵自耕那个急脾气，最怕的就是"等人"。她跑进房里，对父亲交代了一声，就拿了个手提袋，匆匆对镜看了看自己，格子布的长袖衬衫，米色灯芯绒长裤，未免有点"随便"得太过分，希望赵自耕选的不是很豪华的地方。上了苏慕南的车，等他发动了车子，她才问："他在哪儿？"

"谁？"苏慕南不解地。

"自耕呀！"

"哦,他吗?他在酒会上。"

"酒会?"她大吃一惊,"我这副样子怎么参加酒会?不行,你要送我回去换衣服。"

"你为什么要参加酒会?"苏慕南不动声色地问。

"啊,他并不是要我去酒会吗?"她糊糊涂涂地问,开始觉得苏慕南的神色有些古怪了,"他要在什么地方见我?他要你把我接到什么地方去?"

"他并没有要我接你呀。"苏慕南静静地说,熟练地转了一个弯,车子开始上山了,她伸头一看,他们正向阳明山上开去。赵家的花园在天母,那么,他们也不是去赵家。她盯着他,苏慕南那冷静的神色开始使她心慌,不是赵自耕派他来的!她混乱地问:"你要带我到哪里去?"

"去'莲园'。"他说。

"莲园?莲园是个什么地方?一家咖啡馆吗?"

他回头看了她一眼,她发现他那带着褐色的眼珠里掠过了一抹笑意,这笑意却是轻蔑而不屑的。好像她说了一句幼稚不堪的话。"莲园只是一幢花园洋房,是赵先生在四年前盖的,花了不少钱,你实在不应该不知道'莲园'。"

"哦!"她松了口气。原来如此,赵自耕在这山上还有一座"莲园"!他一定有意不让她知道,而给她一个意外。既然是去自耕的另一幢房子,她的紧张也消除了。可是,忽然,她又觉得有些不对劲,她坐正身子,紧盯着苏慕南,问:"是自耕要你带我去莲园?"

他又笑了,冷漠地、轻蔑地笑。忽然,她觉得身边这个男人很可怕,他阴沉而镇静,一脸的莫测高深。

"我说过了,"他淡淡地说,车子熟练地上坡,熟练地转弯,"赵自耕并没有要我来接你。带你去莲园,是别人的主意。有人想在莲园里见见你。至于赵自耕,我想,他宁愿把莲园放一把火烧掉,也不会愿意你走进莲园。"

她咬住嘴唇,皱紧眉头,心里有几百几千个问题。但是,她不准备再问了,她知道,不管她将要面对什么,这样东西总之马上要呈现在她眼前了。

果然,车子走进了一条松柏夹道的私人小径,小径的入口处,"莲园"两个字被一块镂花的牌子,精工雕刻着竖在那儿。车子迂回深入,一会儿,已来到一个富丽堂皇的镂花大门前,这大门和赵家的大门倒很相似。苏慕南按了按喇叭,大门就不声不响地开了,显然是电动的。车子开进花园。佩吟忽然觉得眼前一亮,因为,她看到花园中,有一个好大好大的莲花池,现在正是莲花盛开的时候,池中姹紫嫣红,一片灿烂。苏慕南打开车门,简单地说:"你下车吧,不妨先欣赏一会儿莲花!"

她呆呆地下了车,呆呆地走到莲花池前面。定睛一看,她就更加愕然了,以前,她总认为莲花只有粉红色和白色两种,但是,现在这巨大的莲花池里,却开着紫色的、蓝色的、大红的、粉红的、黄色的、白色的以及桃红色的。她下意识地数了数,刚好七种不同的颜色。一座七彩的莲花池。她正出神间,却又有一个发现,在莲花池四周,种了一圈绿色植物,这植物极像一朵花,一朵一朵地栽种着,叶片水分饱满,像花瓣,她再仔细一看,才注意到,这绿色的植物,居然也像一朵朵绿色的莲花。她不由自主地蹲下身子,去触摸这绿色的莲花,心里在模糊地想,不知纤纤的花园里,有没有这种植物。"这种植物叫作石莲,"忽然间,在她身后,响起个女性的声音,很温存很优雅地说,"不算什么名贵的植物,我和自耕种它,只为了喜欢它名字中那个'莲'字而已。"

佩吟很快地站起身子,蓦然回头,于是,她和一个女人面对面地相对了。那女人身材高挑,皮肤是微黑的,微黑而带着健康的红色——相当漂亮的红色。她穿了件极为舒服的、桃红色的丝绒长袍,显然只是一件"家居服",一件非常考究的家居服。腰上,系着带子,显出了她那美好的身段,她的腰肢简直不盈一握,而胸部却饱满而挺秀。她的头发很黑,蓬松地卷着,自自然然地卷着,稍嫌零乱,却乱得漂亮。她的眉毛也很黑,眼睛深凹,大双眼皮又明显又清楚,她没有浓妆,除了一点淡淡的口红外,她似乎根本没化妆,但是,她很美,不只美,她有种颇为高雅的诱惑力,她看来成熟而老练。她的眼珠不是纯黑的,带着点淡淡的咖啡色。一时间,佩吟有些迷惑,她觉得这女人相当面熟,似乎在什么地方见过。

当佩吟在打量这女人的时候,这女人也正静静地打量着她。其实,佩吟是没有什么值得研究的,她那么单纯,她想,那女人一眼就可以看穿了她。

"你好,韩小姐,"那女人微笑地说,笑容安详而稳定,这"安详"很刺激她,因为,她觉得自己已经越来越不"镇定"了,"我很早就听说了你,到今天才见面,实在有点遗憾。"她用手掠了掠那些在微风中飘荡的大发卷。"我们到客厅里去谈,好吗?"佩吟没说话,只是很被动地,跟着她走进了"客厅"。客厅当然也是够豪华的,地上铺着又厚又软的地毯,居然是大胆地用了桃红色,一套纯白的丝绒沙发,在桃红色的地毯上醒目地放着,玻璃茶几上,有着考究的烟具。一个很流线型的壁炉,里面堆着大块的圆木。壁炉旁边有酒柜,里面陈列着各式各样的洋酒,那女人缓步走到酒柜边,很客气地问:"韩小姐,你喝酒吗?"

"不不,不喝。"她仓促地说。

女主人点了点头,拍了拍手,立即走进一个干干净净的小女佣。"倒杯茶来,中国茶!"她交代着,又转头看佩吟,"要什么茶?红茶?绿茶?香片?冻顶?"

"香片就好了。"她慌忙说。目眩神迷地看着这位神秘的"女主人",这才发现,她连"家居服"都和房间的颜色相配。

小女佣倒了茶来,立刻退出了。她望着壁炉,身不由己地走到壁炉前面去,因为,她看到壁炉架上,放着一个镜框,镜框中,是一张放大的彩色照片!一男一女相依偎的合照,女的,当然是那位风情万种的"女主人"。男的——

其实,佩吟不用走过来细看,也已经猜到是谁了,那是赵自耕!潇洒而风流的赵自耕!

"噢,"女主人微笑着,"这张照得并不好,自耕很自私,他总选他自己照得好的照片来放大。我们前年去欧洲旅行的时候,倒有一批很好的照片,如果你有兴趣,我倒可以拿给你看。"

"不用了！"她僵硬地说，走到沙发边，坐了下来，她捧起那杯用中国细瓷杯子泡的香片茶，打开杯盖，轻轻地啜了一口。她很有兴味地研究那蓝花的细瓷茶杯，心想，如果这茶杯底上印着"乾隆年间造"，她也不会惊奇了，在这个时代，在台湾，居然有人家如此讲究地用中国细瓷茶杯泡茶！她抬起眼睛来，正视着那个"女主人"，她吸了口气，挺直了背脊，她变得很冷静，很清楚了。她努力让自己和那"女主人"同样地安详，她说："我知道你是谁了，你是琳达！"

"噢！"那女人怔了怔，她微笑起来，美丽的眼睛里闪着光。"你怎么知道的？"她问。

"你不是纯种的中国人，我猜，你是个混血儿，你的生活以及你的房子，都是半中半西的，你很讲究排场，中式的排场也有，西式的排场也有！"

"哦！"琳达笑了起来，笑得又爽朗又温柔又可爱，"既然你已经知道我是谁，我想，我们就不必打哑谜了。是的，我是个混血儿，我母亲是马来人，父亲是中英混血，你看，我的血统好复杂。不过，我很庆幸我长得还是很像中国人，因为我很爱中国，也爱中国的男人。"她深深地看着佩吟："我还有一个中国的名字，你不能不知道，它比琳达好听多了。我姓苏，叫慕莲。羡慕的慕，莲花的莲！"

佩吟真的惊跳了一下，她觉得，她"努力"维持的"安详"在瓦解。她目不转睛地看着琳达。

"怪不得，"她喃喃地说，"我觉得你很面熟，原来，你和苏慕南是……"

"苏慕南是我的弟弟！"琳达笑得更甜了，"自耕一向风流成性，我不能不派一个自己人在他身边。几个月以前，慕南已经和我提起过你，说实话，韩小姐，我并没有很把这件事放在心上。自耕喜欢逢场作戏，三分钟的热度，过去了就没事了。我不想让他以为我在侦查他，但是，显然，韩小姐，我低估了你！"佩吟坐在那儿不动，静静地看着琳达。

"自耕一向是个反婚姻论者，"琳达继续说，"他自己学法律，又接了太多件离婚案件。所以，他对我说过，用一张纸把男女两个人拴在一起，实在太荒谬，也太没情调了。他把结婚证书，看成男女两个人间的一张合同，一张没有年限的合同，他说，相爱还要订合同，这是傻瓜做的事！"她摇摇头，仔细地看佩吟："我真没料到，他居然会向你投降，要去当傻瓜了！"佩吟迎视着琳达的眼光。

"或者，"佩吟幽幽地说，"逢场作戏的时期结束了，当他真正恋爱之后，理论就全体不存在了。爱情，会让人变质，会让人当傻瓜！"

琳达定定地看了她好几分钟。

"我有一些明白，他为什么会为你着迷了。"她终于说，走过来，她在佩吟对面的沙发中坐下来。白色的沙发衬着她桃红色的衣服，她叠着双腿，手里握着一个酒杯，她看起来雍容华贵，高雅迷人。她那很长很长的睫毛又浓又密，向上面微卷着。她望着佩吟的眼光深沉而温存，丝毫不杂敌意。"你很爱他吗？——佩吟？"她忽然直呼佩吟的名字，叫得又自然，又亲切。

"如果不爱，就不会谈到婚姻了，是不是？"佩吟反问，语气完全不像她那样平和，不知怎的，佩吟觉得自己在她面前，显得好嫩，好卑微，好不出色。

"那也不尽然，"琳达深思地说，"很多女人，为了年龄到了而结婚，为了该结婚而结婚，甚至为了金钱而结婚，为了一张长期饭票而结婚……"

"你以为我是这样的女人吗？"佩吟叫了起来，愤怒和激动使她的脸发红，而嫉妒又使她的脸发白了。

"不不，佩吟，"她柔声说，"请你不要误会，我并不是说你，我只是一概而论。好了，"她深深地叹了口气，"现在，我知道你是真正爱他的了，但愿，他也是真正地爱你，而且禁得起时间的考验，因为，你显然和我不同，你是禁不起几次打击的……"

"但愿？"佩吟蹙紧了眉头，狐疑地问，"你是什么意思，你认为他并不是真正爱我吗？"

"他当然爱你！"她认真地说，"否则，怎么会愿意娶你呢？不过，问题只在于他能爱多久？是为爱而爱，还是为征服而爱？"

"为爱而爱？为征服而爱？"佩吟糊涂了，"我听不懂。"

"自耕最欣赏的女人，是能够和他针锋相对的那种。佩吟，不是我自夸，我也是那种人。每当他碰到这种女人的时候，他就非到手不可，我一看你就明白了，你是不容易到手的，除非和你结婚，他没办法得到你。佩吟，你有没有想过，你这个婚姻好危险!"

"好危险?"佩吟怔怔地看着她。

她叹了口气,啜了一口酒,她的眼神变得迷蒙起来,她对整个房间扫了一眼,带着股淡淡的幽怨,她轻声细语地说:"你瞧瞧我,佩吟。四年前,他为我而造莲园,你愿意参观一下我的卧室吗?整面墙都是莲花,我的床也是一朵莲花。他造的时候,我觉得他简直是发疯了。他收集各种品种的莲花,只因为我名字里有一个'莲'字。佩吟,你如果是我,你能不感动吗?你能不相信他的爱和他的诚意吗?于是,我跟了他。我比你更痴一点,他不喜欢婚姻,我就连婚姻的名分也不敢要。然后,他又有了露露,露露是个舞女,他喜欢她的风骚。接着,又有了云娥……唉!佩吟,你该见见云娥的,她比纤纤大不了多少,美得像一朵白莲花……"

佩吟跳了起来,她再也不能维持她的冷静了,再也不能维持她的风度了,更别提什么"安详"与"自然"了。她张大眼睛,只觉得有热浪在往眼里冲去,她喊着说:"我不相信你!我不相信!你安心在破坏我们!你造谣,你胡说八道……"

"是吗?"她仍然静静的,仍然高贵而文雅,仍然带着那股淡淡的幽怨,"如果你不相信我,就不要去相信吧!我很可能是在破坏你,因为……不管怎么说,你都是我的情敌。好吧,佩吟,不要相信我!不要相信确有露露和云娥,甚至于,你也可以不相信世界上有个女人叫苏慕莲,有个男人为她造了一座莲园,再轻轻松松地把她遗弃!都不要相信,佩吟,你可以告诉你自己,赵自耕除了你之外,永远不可能再爱上别人!事实上,他以前的风流账,你根本可以置之不理,只要你能信任你们的未来就行了。唉!"她悠然长叹,"我以为我自己已经够天真了,没想到,世界上还有比我更天真的女人!"她紧紧地盯着佩吟,声音那么轻柔,却那么有力:"你也同样相信过林维之,是不是?你也相信他只可能爱你一个人,是不是?"

佩吟被打倒了,被彻彻底底地打倒了!她咬紧牙关,不让眼眶里的泪水滚出来。而她整个心里,却像倒翻了一锅热油,那样煎熬着痛楚起来。她望着面前这个女人,这个美丽、成熟、能言善道、风情万种、雍容华贵,而又魅力十足的女人。他为她盖了一座莲园,前后不过只有四年,他已经不再要她了。那么,自己凭哪一点来占有那个男人的心?假若这个男人苏慕莲都无法掌握,没有第二个女人可以再掌握了。而且,当她含泪看着苏慕莲的时候,她已经知道了,不管苏慕莲找她来的动机如何,她知道她说的都是实话:确实有露露,确实有云娥,正像确实有苏慕莲,和——确实有韩佩吟一样!她站起身来,摇摇晃晃的,她的脸色像壁炉上的大理石,她眼里蓄满了泪,轻抽了口气,她语气不稳地说:"对不起,我要回去了!"

琳达,不,苏慕莲——她的中国血统虽然不多,她却是相当中国化的——也站起了身子,她伸出手来,轻轻地握住了佩吟的手。"如果我让你难过的话,我很抱歉!"她说。

"你不用抱歉,"佩吟吸着气,仍然在努力维持语气的平稳,维持着最后的骄傲,"我想,你是有意要让我难过的,因为,我的存在已经先让你难过了!所以,我们算是扯平了。你告诉了我很多事情,你也打击了我的自信,你的目的都达到了。我不怪你,也不恨你。因为——我的存在也早就打击了你的自信了!"她昂着头,走向大门口,背脊挺得很直,肩膀平稳。泪珠虽然始终在眼眶里打转,她却也始终没有允许它掉下来。

苏慕莲望着她的背影,她一瞬也不瞬地看着这背影,不能不承认这骄傲的小女人,确实有着她强大的力量!好半天,她才醒悟过来,追到门口,她说:"我让慕南开车送你回去!"

"不用了!"她头也不回地说,"我自己叫车回去!"

她昂然地、挺直地、高傲地……走出了那种满莲花的花园。一直到穿出了那条松柏夹道的私人小径,一直到走上那柏油铺的大马路上,她的泪水才疯狂般地涌了出来,迸流到面颊上。

晚上来临了。佩吟在街道上无目的地踱着步子,自从走出莲园,她就没有回家,叫了辆计程车,她直驰往西门町。只在一家公用电话亭里,打了个电话给父亲,说她不回家吃晚饭了,韩永修根本以为她和赵自耕在一起,完全没有深究。于是,她就开始了一段"漫游"。她走遍了西门町每一条街,逛过了每家商店,看过了每家电影院的橱窗……她走得快累死了,走得腿都快断了,走得头晕眼花了。她就不知道自己该走到哪儿去?该怎么办?该何去何从?

她一面走，也一面在思想。事实上，她早就知道有"琳达"这个人。她奇怪，在自己和赵自耕从友情进入爱情，从爱情谈到婚嫁的这个过程中，她从没有想过"琳达"。也从没有认为她会给予自己任何打击，而现在，在见到苏慕莲以后，她再也没有信心了，再也没有欢乐了。莲园，把她所有的幸福全部偷走了。她宁愿苏慕莲是个泼妇，宁愿苏慕莲给她一顿侮辱和谩骂，宁愿"莲园"是个金碧辉煌的"金屋"，宁愿苏慕莲只是个典型的被"藏娇"的荡妇！那么，她都比较容易接受一点，都比较不会受到伤害。可是，苏慕莲那么雍容华贵，那么幽怨自伤，那莲园，又那么富有情调，那么充满诗意和罗曼蒂克的气氛……她确实被打击了，被伤害了，被扰乱了。她忽然发现自己是个掠夺者，她把欢乐从苏慕莲那儿夺走……而终有一天，会另外有个女人，再把欢乐从她身边夺走！她相信了，赵自耕绝不是一个对女人有长久的热度和痴情的男人！他善变，他无情，他见异思迁，而且，他是冷酷而残忍的！在她这样思想的时候，她痛楚而迷惘，她认为自己该离开这个男人，离得远远的。但是，一想到以后生活里，再也没有赵自耕，她就觉得自己的心完全碎了。她开始彷徨无助，一向她都有很敏锐的思考力，但是，对即将来临的未来，她却完全迷惘了。苏慕莲有一句话给她的印象最深刻："现在，我知道你是真正爱他的了，但愿，他也是真正地爱你，而且禁得起时间的考验，因为，你显然和我不同，你是禁不起几次打击的……"

是的，她再也禁不起打击了。假若将来有一天，她会成为苏慕莲第二的话,她想,她是绝对活不成了。她早就领悟过一件事,如果认识了幸福再失去幸福,不如干脆没认识过幸福!夜深了,她走得好累好累,看看手表,居然十一点多钟了,她忽然想起,今晚和赵自耕有约会的。可是,算了吧,赵自耕原就和她属于两个世界,如果她聪明,她应该把赵自耕还给苏慕莲!他们虽无婚姻之名,却有婚姻之实啊!她为什么要做一个掠夺者呢?为什么呢?

她实在太累了,累得无法思想了。她走进了一家咖啡馆,坐下来,要了一杯咖啡。她啜着那浓烈的、苦涩的液体,心里朦胧地想着,应该打个电话给赵自耕,告诉他今晚她有事,所以失约了。想着,想着,她就机械化地走到柜台前去,拿起电话,拨了赵家的号码。

接电话的居然是纤纤!一听到佩吟的声音,她立刻又轻快又高兴又清脆地叫着:"噢,韩老师,你到什么地方去啦?我爸爸打了几百个电话到你家去找你,都找不到,他又叫颂超打到虞家和大姐二姐家,也都找不到,我爸就发疯哪!现在,他开车到你家去等你去了!"

糟糕,这一下岂不弄得天下大乱!父亲准以为她出事了!她慌忙挂断电话,立即拨了个电话回家,韩永修接到电话,果然又急又恼又关心地喊:"佩吟,你到什么地方去了?你把所有的人都急坏了,怎么可以开这种玩笑?你现在在哪里?深更半夜了,怎么还不回家……好好好,有人要跟你说话……"

听筒显然被别人抢过去了。她立刻听到赵自耕那焦灼而渴切的声音："佩吟？"眼泪立即往她眼眶里冲去，她咬紧牙关，怎么自己如此不争气呢？怎么听到他的声音就又整个软化了呢？她拼命吸着气，就答不出话来。"佩吟！"赵自耕一定有第六感，他凭本能也知道出了事，他那"命令化"的语气就又来了："你在什么地方？我现在来接你！"

"不不不！"她仓促地回答了，鼻子塞住了，声音短促而带着泪音，"我不想见你！"

"佩吟？"他惊愕地问，"到底出了什么事？你爸说是我下午把你接走的，可是，我下午并没有来接你！是谁来接了你？为什么你不要见我？你整个下午和晚上到什么地方去了？……"天哪！他又开始"审讯证人"了。

"自耕，"她打断了他，"我不能见你，我……我有许多事要想一想，我……我发生了一些事情……"她说得语无伦次，却相当固执，"我……需要一点时间来思想，所以……所以……我在短时间之内不想见你！"

电话那端沉默了片刻，然后，他的声音冷幽幽地响了起来："我不懂，佩吟，我完全不了解你在说什么。"

"我不要见你！"她低喊了起来，"给我一个星期，这个星期里不要来打扰我，我要彻底想一想我们的婚事，我要考虑，我……"

"我知道下午来接你的是谁了！"赵自耕忽然说，声音冷峻而清晰。

"哦？"她应了一声。

"是——林维之，是吗？"他在问，声音更冷了，更涩了，夹带着尖锐的醋意和怒气，"是吗？是他从美国回来了？他离了婚？他又想重拾旧欢，是不是？"他的声音焦灼而恼怒，他那多疑的本性和"推理"的职业病又全犯了。"所以你今晚失约了，所以你要重新考虑！所以你不要见我了……"

她呆住了，怔住了，傻住了。完全没有想到，他会猜得如此离谱，如此荒谬！可是，立即，她的脑筋转了过来，她在他那尖锐的醋意和怒气中，竟获得某种报复的快感。原来，你也会吃醋！原来，你也有弱点！原来，你也会受伤。而且，如果他这样想，或者可以不来打扰她了！否则，他那么会说话，那么富有说服力，他一定会让她对苏慕莲的事不再追究。她想着，深抽了口冷气，她开始将错就错了："你猜对了。"她幽幽地说："是他回来了，所以，所以……我必须重新考虑我们的婚事……"

"听着！"他在电话里怒吼了，"他曾经遗弃过你，他用情不专，他见异思迁……而你，居然还想要他吗？"

她倒抽了一口冷气，忽然觉得怒不可遏。"不许骂他！"她冷冰冰地说，"你并不比他好多少！难道你没有遗弃过任何女人？难道你就用情专一，从没有见异思迁过？"

"哦！"他在咬牙切齿了，"他对你的影响力，原来还有这么大！仅仅一个下午，你已经开始否定我了！好！"他直截了当地说："我给你时间！我不来打扰你！不止一个星期，随你要多久，在你再来找我之前，我决不再来找你！行了吗？"

"喀啦"一声，他挂断了电话。

她慢吞吞地回到座位上，继续喝着咖啡，用手捧着头，她觉得自己浑身瘫软如棉，一点力气都没有了。时间缓慢地流逝过去，夜更深了，客人们纷纷离去，咖啡馆要打烊了，她不能坐在这儿等天亮。长叹一声，她站起身来，付了账，她离开了咖啡馆。总要回家的。家里，一定还有一场困扰在等待她。她真不知道该向父亲怎么解释这件事。可是，家，总是一个最后的归宿地。她忽然觉得好累好累，好疲倦好疲倦，只想躺在床上，好好地睡一觉，什么都不要想。

叫了一辆计程车，她回了家。

到了家门口，她下了车，看着计程车开走了。她在门边的柱子上靠了靠，考虑着该如何告诉父亲。可是，她简直没有办法思想，她觉得头痛欲裂，用手按了按额角，她不能想了，打开皮包，她低头找房门钥匙，进去再说吧，明天再说吧！忽然间，黑暗中蹿出一个人影，有只强而有力的手，把她的手腕紧紧地握住了。她吓了一大跳，惊惶地抬起头，她立刻接触到赵自耕的眼光。她张着嘴，不能呼吸，心脏在不规则地捶击着胸腔。他盯着她，街灯下，他脸色白得像蜡，嘴唇上毫无血色。她忽然感到某种心慌意乱的恐惧，她从没见过他这种脸色。"跟我来！"他简单地"命令着"。

她挣扎了一下，但他手指像一把铁钳，他拖着她向巷口的转弯处走去，她疼得从齿缝中吸气，含泪说："你弄痛了我，你答应不来打扰我！"

"以后，不要轻易相信男人的'答应'！"他简单地说，继续把她向前拉，于是，她发现他的车子原来藏在巷口转弯处的阴影里，怪不得她回来时没见到他的车。他是有意在这

177

儿等她的了。

打开车门,他把她摔进了车子。他从另一扇门进入驾驶座。其实,她很容易就可以开门跑走,但,她没有跑。她知道,如果她跑,他也会把她捉回来的。看样子,她必须面对他,她逃不掉,也避免不了,她疲倦地仰靠在坐垫上。非常不争气,她觉得眼泪滚出来了。她实在不愿意自己在这个节骨眼上流泪,她希望自己能潇洒一点,坦然一点,勇敢一点……可是,泪水硬是不争气地滚出来。弱者,你的名字是女人!他盯着她,在那电钟的微弱光线下,看到她的泪光闪烁。他伸手轻触她的面颊,似乎要证实那是不是泪水,她扭开头去,他仍然沾了一手的湿润。

"你哭吗?"他问,"为什么?舍不得我吗?"

她闭上眼睛,咬紧牙关。

"你和旧情人缠绵了一个下午和晚上,现在,你在哭!"他冷哼着,愤怒显然在烧灼着他,他伸出手来,用手捏住她的下巴,"你是为我而哭,还是为他而哭?"

她仍然闭着眼睛,一语不发。

然后,蓦然间,她觉得他把她拉进了怀里,他的嘴唇就疯狂地盖在她的唇上了。她大惊,而且狂怒了。她咬紧牙齿,死不开口,一面,她用力推开他,打开车门,她想冲出去,他把她捉了回来,砰然一声又带上了车门。他用双手箍住她,把她的身子紧压在椅垫上。他们像两只角力的野兽,她毕竟斗不过他,被他压在那儿,她觉得不能喘气,而且,快要晕倒了。"你居然不愿意让我再吻你!"他喘着气说,似乎恨不得压碎她。"他吻过你了吗?"他怒声问,"你仍然爱着他,是不是?你始终爱着他,是不是?我只是一个候补,现在,正角儿登场,候补就该下台了,是不是?"他捏紧她的面颊,强迫她张开嘴:"说话!你答复我!你休想让我等你考虑一个礼拜,你马上答复我!说话……"

第九章

她真的不能呼吸了,而且,她已经气愤得快失去理智了,她全身疼痛,每根神经都在痉挛。

她再也无力于挣扎,再也无力于思想,她大声吼了出来:"放开我!放开我!我根本没有见到林维之,你少自作聪明!下午,是苏慕南把我接走了,他带我去了一个地方,莲园!你该知道那个地方的!我见到了她,苏慕莲!我看到了你们的七彩莲池!"她抽气,冷汗和泪水在脸上交流,她用力呼吸,挣扎着说:"放开我!你……你……你使我……没办法透气,我要晕倒了!"

他突然松手,在极度的震惊下凝视她,似乎不相信自己的听觉。然后,他就一把抱住了她。他的手颤抖着,她软软地躺倒了下去,头枕在他的膝上。他伸手扭开了车内的灯,紧张地俯下身子察看她。她在突然明亮的光线下瞬着眼睛,发现他的脸距离自己只有一两尺,他的脸色更白了。一时间,她想,要晕倒的不是自己,而是他了。

"佩吟!"他喊,嘴唇和脸色一样白,"不要晕倒,求你不要晕倒!"他用手捧住她的头,用他那漂亮的白西装的袖子去擦她额上的汗。她在他那恐惧的眼神里看出来,自己的脸色一定也坏透了。她那么气愤,那么委屈,那么沮丧,真想假装晕倒一下,让他去手忙脚乱一番。但是,她没有。深深地吸了口气,她说:"你最好把车窗打开。"

一句话提醒了他,他慌忙放下了窗子,初秋的夜风从窗口扑了进来,凉飕飕地吹在两人身上。她用手遮住眼睛,那刺目的顶灯使她不能适应,更重要的,是她不愿让他看到她的狼狈,那湿润红肿的眼睛一定泄露了所有的感情。他把车灯关了,靠在那儿,他只是紧搂着她的头,似乎不知该做什么好。然后,那凉爽的空气使两个人都清醒了不少,他终于开了口:"你说,你去了莲园。"

她不语。"根本没有林维之那回事,是吗?"他用力敲自己的脑袋,"我是个笨蛋,我走火入魔,胡思乱想!原来!原来……慕南一直在当间谍!那该死的苏慕南!我要宰了他!"他忽然发动了车子。她惊跳起来。"你要到哪里去?""我们去莲园。"他说,"我要弄清楚,慕莲到底对你说了些什么,使你这样生气!"

"我不去莲园!"她大声说,"我再也不要去那个地方!"她伸手抓住方向盘,他只好紧急刹车。她盯着他的眼睛:"使我生气的不是苏慕莲,是你!"她重重地呼吸:"你这个无情无义、用情不专、见异思迁的……的……的混蛋!"她还不太习惯于骂。"你既然能为她造一座莲园,你为什么不娶她?你是反婚姻论者,还是玩弄女性的专家?"

他看了她几秒钟,重新发动了车子。

"你又要去哪里?"她问。

"去我家。"他的声音忽然变得低沉而温柔,"我们不能一直在车子里争吵,而且,你累了,你需要舒服地躺一躺,喝一点热热的饮料。"

不要!她心里在狂喊着:不要这样温柔,不要这样关心,不要这样细腻……他就是用这种方式去赢得每一个女人的心,而她也同样地落进陷阱,被他征服!不要!她心里喊着,嘴里却没发出丝毫声音。她软软地仰靠在椅垫中,忽然就觉得精疲力竭了,她累了,累了,真的累了。车子平稳而迅速地向前滑行,那有韵律的簸动使她昏沉。这一个下午,这一个晚上,她受够了。她闭上了眼睛,倦于反抗,倦于争吵,倦于思想,倦于分析,她几乎要睡着了。

不知道过了多久,车子停了。她觉得他用西装上衣裹着她,把她从椅垫上抱了起来,她那么满足于这怀抱中的温暖,竟忘了和他争吵的事了。他把她一直抱进了他的书房,放在那张又长又大的躺椅里。她并没有完全失去思想,但她却闭着眼睛不动。他细心地放平了她的身子,然后他走了出去。整座楼房都很安静,显然大家都已经睡了。一会儿,他折回来了,拿了条毛毯,他把她轻轻地盖住,再拿了杯热牛奶,他托起她的头,很温柔很温柔地说:"佩吟,醒一下,喝一点牛奶再睡。"

她迷迷蒙蒙地睁开眼睛，牛奶的香味绕鼻而来，她觉得饿了，不只饿，而且好渴好渴，她就着他的手，一口气喝光了那杯牛奶，他重新放平了她的头。她躺着，神思恍恍惚惚的，她想，她只要稍微休息一下，然后，再和他正式地谈判。但，她越来越昏沉，越来越瞌睡了，她疲倦得完全无力睁开眼睛，她睡着了。最后的记忆是：他跪在她的身边，用嘴唇轻轻地压在她的额上。她是被阳光刺醒的，她忽然惊醒过来，只看到窗玻璃上一片阳光，阳光下有一盆金盏花和一盆金鱼草正在秋阳下绽放着，一时间，她以为自己在家里，因为她的窗台上也有这样两盆植物。她坐了起来，眨动眼帘，身上的毯子滑下去了。于是，她一眼看到，赵自耕正坐在她身边的地毯上，静静地凝视着她，在他身边，一个烟灰缸里已堆满烟蒂。他的眼神憔悴，下巴上都是胡子楂，脸色依然苍白，显然，他一整夜都没有睡。"醒了？"他问，对她勉强地微笑，"一定也饿了，是不是？"

不容她回答，他拍了拍手。立即，房门开了，纤纤穿着件银灰色的洋装，像一缕轻烟轻雾般飘进房间，她手里捧着个银托盘，里面热气腾腾地漾着咖啡、蛋皮、烤面包、果酱、牛奶……各种食物的香味。纤纤一直走向她，那姣好的面庞上充盈着笑意，眉间眼底，是一片软软柔柔的温馨和醉人的甜蜜。"噢，韩老师！"她轻呼着，把托盘放在躺椅边的小茶几上，她就半跪半坐地依偎在她身边了。拿起一杯咖啡，她熟练地倒入牛奶，放进方糖，用小匙搅匀了送到她的唇边来："韩老师，你趁热喝啊！"她甜甜地说着，"是我自己给你煮的，你尝尝好不好喝。煮咖啡也要技术呢！你尝尝看！"

她能泼纤纤的冷水吗？她能拒绝纤纤的好意吗？端过杯子，她喝了咖啡。才喝了两口，纤纤又送上了一片夹着火腿和蛋皮的面包。"这蛋皮也是我亲自摊的呢！你吃吃看，一定很香很香的，我放了一丁点香蕉油，你吃得出来吗？"

她只好又吃了面包。当她把托盘的东西都吃得差不多了，纤纤总算满意了。她回头温柔地看着父亲，低声问："爸，我也给你拿一盘来好不好？"

赵自耕摇摇头，给了纤纤一个暗示。于是，纤纤端起托盘，准备退出房间了。但是，在她退出去前的那一刹那，她突然又奔了回来，低头凝视着佩吟，用最最娇柔、最最可爱、最最温馨的声音，很快地说了句："韩老师，我不知道你为什么生爸爸的气，不过，你看在我面子上吧，你原谅他，好吗？你看，他已经瘦了好多好多了呢！他为了你，一个晚上都没睡呢！"

佩吟的眼眶又湿了。纤纤不再等答复，就很快地飘出了房间，细心地关上了房门。

房间里又只剩下了佩吟和赵自耕。佩吟用双手抱住膝，把下巴搁在膝上，她拒绝去看他。但又不知道该怎么办才好。她很气他一再利用纤纤来打圆场，却又有些感激纤纤来打圆场。她觉得自己矛盾极了。"你睡够了，"他终于慢慢地开了口，"我想，你会比较心平气和了，不要奇怪你怎么会睡得那么沉，我在牛奶里放了一粒安眠药，因为，我必须要你有足够的休息，再来听我的……"他咬咬牙，"算是忏悔，好不好？"

她仍然不说话，可是，她知道，自己的心已经软化了，在他的悉心照顾下，在他的软语温存下软化了。

"我不知道慕莲对你说了些什么，"他继续说，声音诚恳、真挚，而坦白，"但是，我很了解慕莲，她有第一流的口才，有第一流的头脑，还有第一流的说服能力。她是非常优秀的，她很漂亮，有热带女郎的诱惑力，又有中国女人的稳重，有西洋式的放浪形骸，又有东方式的高贵文雅，她是个矛盾的人物！但是，她是绝对优秀的。所以，我迷恋过她，相当迷恋过她。"他顿了顿，她的眼光已经不知不觉地转过来和他的接触了。他眼里布满红丝，眼光却热切而真诚。"佩吟，"他柔声地低唤着，"你必须了解一件事情，我绝不是一个'完人'！纤纤的母亲去世很早，风月场中，我也流连过。在慕莲以前，我也有过其他女人，但是，我都没有认真过，也没有什么固定的女朋友，逢场作戏的事，不可否认是有的。后来，我认识了慕莲，坦白说，她捉住了我。四年前，我为她造莲园。佩吟，你想想看，我如果不认真，我会用那么多心机去造莲园吗？我实在不想深谈这件事。不过，我知道假若我不说得很清楚，你是不会原谅我的。慕莲美丽、迷人、聪明、能干之外，她还是××航空公司派到台湾的女经理，她有钱，有才干，莲园的许多构思，事实上也是她的。她一个如此优秀的女人，往往不是被征服者，而是个征服者。同时，她也虚荣。假如她有一件狐皮大衣，她一定还要一件貂皮的……对男人，她也一样。"

佩吟定定地看着赵自耕。用舌头润了润嘴唇,她低声地、清晰地说:"不要因为她破坏了你,你就给她乱加罪名。"

"我还没有卑鄙到那种程度!"赵自耕说,也定定地看着佩吟,"记住一件事,佩吟。人,并不是只有一种典型,慕莲喜欢征服男人,只能说是她的某种嗜好,而不能算是她的'罪'。她是个自由女人,为什么不能自由地交男朋友呢?慕莲问过我,我们这个社会,允许男人寻花问柳,为什么不允许女人广交男友?我答不出来。可是,老实说,当我发现慕莲除了我之外,还有别的男人时,我并不认为她犯罪,我却完全受不了!所以,我不可能娶她,我毕竟是个中国男人,我不想戴绿帽子!"他停住了,燃起了一支烟。

"慕莲,她绝不是一个坏女人,也不是一个淫荡的女人。她只是忠于她自己,她想爱就爱,想要就要,想玩就玩。她把男女之情,也当成一种游戏,而且玩得非常高段。她从不隐瞒我,也不欺骗我,甚至于,她还鼓励我去找别的女孩玩,她认为我们彼此,都有享乐的自由。这种观念吓坏了我,她的外表那么端庄高贵,行为却那么放浪不羁,我有时简直觉得,她像一只狐狸,却披着貂皮,她玩狐狸的游戏,却高贵得像只纯白的小貂。"

"你在攻击她,"她忍不住插嘴,为慕莲而不平,"她不是那样的,如果她鼓励你和女孩玩,她也不会把慕南安排在你身边,也不会找我去谈话了!"

"你有理。"他点点头,注视着她的眼光却更诚恳了,诚恳得让人很难怀疑他,"她鼓励我和别的女孩子玩,并没有鼓励我去'爱'别的女孩子!""我不懂。""她把游戏和爱情分成两件事,坦白说,在基本上,我必须承认,她仍然是爱我的。很多女人,能原谅丈夫在外面逢场作戏,却不能原谅丈夫在外面有爱人。这一点,慕莲也和一般女人相同。因此,她能笑谈露露,她也不在乎云娥……"他深抽了口烟,盯着她的眼光更深更柔更惭愧了,"露露是个舞女,云娥是个年纪很轻的酒家女。我每次和慕莲生了气,我就常去找她们,因为她们有自知之明,她们是欢场女子,从不自命清高。她们小心翼翼地讨好我、服侍我。露露风流,云娥娇柔,前者像只狐狸,后者像只小猫,她们——却没有披上貂皮的外衣!你瞧,佩吟——"他试着去拉她的手,"你使我越招越多了。先是慕莲,再来露露,又有云娥。你一定以为我是个色情狂!是个风流鬼!"

她不说话,只是静静地瞅着他。

"让我对你发誓,云娥也罢,露露也罢,都只是我生命里的一些点缀,她们自己,也都知道只是我生命里的点缀。在认识你以前,唯一真正在我心中占着相当分量的,仍然只有慕莲。慕莲自己也知道这一点,所以她毫不在乎云娥和露露。直到你的出现,她才真正受到了严重的打击!我并没料到慕南是她的间谍,虽然我用慕南当秘书,是受她之托,当时,只以为她怕我和女秘书'认真'。而慕南也实在是个不错的秘书,但是——"他忽然咬牙切齿,"我以后再也不会用他了!他这个混蛋!"

"你以为,如果他不带我去莲园,我就永远不会知道慕莲这件事了吗?"她瞪着他,"你有一个情妇,是××航空公司的女经理,这几乎是尽人皆知的事情。"

"你——以前就知道?"他小心地问。

她点点头。

"你——却没问过我。为什么?"

"我……我……我当时并没有认为如此严重,"她的眼圈又红了,"我早就听过一些关于你的传说,我想,你可能是……可能是……比较风流的那种典型。我认为,我无权也不应该去干涉你在认识我之前的事情。而且……而且……而且……"她低下头,说不下去了。

"而且什么?"他温柔地追问。

"而且,我说过,我认为当你真正爱一个人的时候,是应该连他的缺点一起爱进去的。现在,我知道,我错了。我——做不到。"他举起她的手来,轻吻她的手指。

"不要去'爱'这缺点,"他低语,"但是,'原谅'做得到吗?"她低头不语。他深深地叹了口气:"你听我说完吧!等我说完了,你再来定我的罪。好不好?"

她仍然不说话。

"今年春天,"他继续说了下去,"慕莲忽然看上了她公司里的一个空服员,那空服员姓程,叫杰瑞,只有二十五岁。程杰瑞是个相当杰出的年轻人,有活力、有干劲,也非常漂亮。慕莲是那么老练,当然很容易就把这小伙子弄得服服帖帖,可是,人家只是个孩子,我为这事大为光火。她把我的发火当作吃醋,反而欣赏起来了。于是,我发现,慕莲在内心深处，深恐青春流逝，而用征服比她年轻的孩子来证明自己的吸引力。这是可怕的！我再也受不了她，因此，我们的交往就越来越淡了……"

"空服员？"她忽然若有所忆。

"程杰瑞？我好像听过这名字……那空服员后来怎样了？"

"程杰瑞吗？那是个聪明孩子，他拔腿得很快，他知道和慕莲混下去没有前途。听说，他也交了其他的女朋友，这使慕莲大为光火。你知道吗？慕莲还有一种极强烈的虚荣心，她可以甩别人，别人却不能甩她，否则，她认为是一种奇耻大辱。她把那空服员开除了，这事闹得整个航空公司都知道，你想，我能忍受吗？"她注视着他，思索着。

"老实说，佩吟，我真不想告诉你这些。我不愿——非常不愿——去提慕莲的缺点和过失，因为，她毕竟是我爱过的一个女人。我认为，在你面前去责难她是件很卑鄙的事！但是，今天我说这些，实在是迫不得已。我不能让你再误解下去，更不能让你认为我是个对爱情不负责任的男人，如果我有缺点，就是我对爱情太认真了……"

"是吗？"她怀疑地问。

"是的。"他虔诚地答，"在认识你之前，我还不知道我认真到什么地步。你的出现……噢！"他热烈地握紧她的手，握得她发痛，"说真的，你绝没有慕莲的诱惑力和魅力。但是，你的清纯，你的雅致，你那不杂一点风尘味的高贵……你谈吐不凡，据理力争。有时，像个不肯屈服的女斗士，有时又像一朵空谷幽兰。在见到你之后，我才知道什么叫真正的高贵！绝不是慕莲用优雅的姿态，拿一杯蓝花细瓷茶杯的清茶，或握一杯高脚水晶玻璃的红酒，谈巴黎时装、谈伦敦浓雾、谈荷兰木鞋……可比。你，才能叫高贵，才能叫文雅，才能叫脱俗，才能叫美丽……我第一次了解，'美丽'两个字，是从内在深处散发出来的，而不是仅仅在外表上！佩吟，我那么深地被你吸引了，我那么那么认真了。噢，佩吟，你不会知道我有多爱你！"泪水又往她眼眶里涌去，她咬住嘴唇。

"我疏忽了慕莲的虚荣心，或者是，她还爱着我——我不太能确定，她到底是出于什么动机。总之，这是我的疏忽，她能甩我，我不能甩她。我和你的恋爱，在一开始，绝不会引起她的注意，可是，后来，她知道我认真了，认真得一塌糊涂了，认真得要谈论婚嫁了。这使她受不了，所以，她会派慕南去找你。她安心要破坏这件事，她的说服力那么强！她那么雍容华贵，又那么善于演戏。她……几乎达到目的了，是不是？"他打了个寒战，盯着她，"我应该早就把一切告诉你的。说真的，在认识你之前，我从不认为我和慕莲的关系，或是云娥的关系……是一种过失。现在，我知道了。"他悄然地低下头去。

"你知道什么了？"她问。

"能让我受伤的事，必然也能让你受伤！"他轻声说，"昨天下午，我真的以为你和那个林维之在一起，想到他可能拥抱你，可能吻你，我就嫉妒得要发疯了！噢，"他抬起头来，热烈地看她，他那失眠的双目又红又肿又湿润，"原谅我！原谅我！"他低喊着，更紧地握住她的手："请你允许我埋葬掉我所有的过去！请你允许我为你而重生！"

泪水终于涌出了她的眼眶。

"可是……可是……"她喃喃地说着。

"可是什么？"他问。

"可是——你以后还是会认识别的女人，还是会喜欢别的女人，甚至于——你还是会去莲园……而我，而我……"她泪流满面，抽搐着，"我是个——很自私、很独占、很嫉妒的女人……"

他用嘴唇堵住了她的嘴。半响，他抬起头来，他的眼光虔诚，他的声音沙哑："如果我再去莲园，如果我再到任何风月场所，如果我以后有任何对你不忠实的事情……我会被雷劈死，我会堕入万劫不复的地狱，我会……"

她用手一把握住了他的嘴，倒进了他的怀里。

"不说了！不说了！不说了！"她喊着，"我们都有'过去'，但是，都'过去'了！让我们为今天、明天和未来好好地活着吧！"她把面颊紧贴在他怀中，用手紧搂着他的脖子，"我真希望我能少爱你一点，那么，我就不会这么傻瓜兮兮了！"

他把脸深深地埋进她的头发里，眼睛湿湿的，他低叹着："你怎么永远这样快？"

"什么这样快？"

"你把我要说的话，抢先一步都说了！"

太阳升得更高了，从窗口斜斜地射了进来，他们紧拥在一块儿，拥在一窗灿烂的阳光里。

崭新的一天来临了，是晴朗的好天气。

纤纤第一次出现在虞家，这当然又是虞家"惊天动地"的大事。别说大姐颂萍和大姐夫黎鹏远赶回来了，二姐颂蘅和二姐夫何子坚赶回来了，连佩吟都被虞太太电话召来。整个晚上，虞家热闹得像是在过年，就差没有放爆竹了。那一向被虞家三姐妹戏称为"傻小子"的虞颂超，算是因纤纤而出了一次大大的风头。纤纤是刻意装扮过的，在奶奶和吴妈的双重好意下，第一次去男方家不能穿得太素，她穿了件淡粉红色镶银花边的洋装，衣裳是最流行的宽松型，正好掩饰了她的瘦弱，而且增加了她的飘逸。长发自自然然地垂着，发际戴了朵小小的粉红色缎带花。腰上系着银色的带子。她不肯化妆，最后，只勉强地抹了点胭脂。尽管如此，她仍然唇不点而红，眉不画而翠。她坐在虞家那宽大的客厅里，在满屋子男男女女、老老少少中，她就是那么光彩夺目，那么与众不同，那么自然而然地成为所有目光的焦点。

虞太太面对着纤纤，是越看越高兴，越看越惊奇，越看越得意，再抬头看看颂超，虽然"儿子是自己的好"，她也不能不承认，和纤纤相比，儿子硬是被比下去了。纤纤好脾气地、温顺地、不慌不忙地、从从容容地坐在那儿，只是笑，对每一个人笑。在淡淡的娇羞中，仍然带着种满足的、欢欣的喜悦。她那么天真、那么稚嫩，竟连掩饰自己的感情都没学会。

"哦，纤纤，"虞太太热烈地说，"咱们家的颂超是个傻小子，他假若对你有什么不周到，你可别认真，你看到了吗？咱们家的女人最多，联合起来，一人骂他一句，就有他受的！"

"妈！"颂超抗议了，"人家纤纤是第一次来我们家，你就把我们家那群娘子军搬出来干吗？我告诉你吧，纤纤是不会加入你们来欺侮我的！"他直望着纤纤，问："纤纤，你会吗？"

纤纤笑了，轻柔地说："我为什么要欺侮你呢？"

"瞧！"颂超大乐，"我说的吧！"

"嗯，"大姐颂萍开始连连点头，眼光就无法从纤纤脸上移开，"老三，你真不知道是走了什么运，大概是傻人有傻福！我才不相信你凭自己的本领，会追上纤纤，我看呀，八成是佩吟帮你的忙！"佩吟和赵自耕的恋爱，在虞家早已是个热门的话题，佩吟自己，就被虞家三姐妹"审"了个详详细细，她常无可奈何地叹着气说："我看，你们三姐妹的好奇心，可以列入世界之最里面去了！"

现在，颂超被颂萍这样一说，可就急了，一面大呼冤枉，一面就冲着佩吟问："是你帮忙的吗？佩吟，你说说看！"

"说实话——"佩吟坦白地说，"我只介绍他们认识，以后的发展，与我全然无关！"

"你们瞧！你们瞧！"颂超又得意了，"全是我自己想出来的'花招'，哈！"他忽然大笑，因为"花招"两个字与事实不谋而合，他越想越乐，又抓头，又笑，大发现似的嚷着说："我这才知道，'花招'两个字的典故从哪儿出来的了！"他望着佩吟："你是学中国文学的，是不是以前也有我这么一个人，用'花招'赢得了美人归……"

"噢，"颂蕊喊，"老三，你别乐极而忘形，什么花招不花招的，我看你越来越傻乎乎的，真不知道纤纤看上了你哪一点？"

"你问纤纤好了！"颂蘅说。

谁知，颂超真的走到纤纤面前，坐在地毯上，他直视着纤纤，一本正经地问："纤纤，我家的娘子军都要知道，你到底看上了我哪一点？你就告诉她们吧！"这一来，纤纤是不能不脸红了。她羞红了脸，低下了睫毛，用手卷弄着裙边，嘴角还是含着笑，就不肯说话。

佩吟看不过去，走过去，她在纤纤身边坐下来，用手揽住了纤纤的肩膀，瞪着颂超，笑着骂："傻瓜，你也跟着你家的娘子军起哄吗？"

"可是，"颂超正正经经地坐着，倒是一脸的真挚和诚恳，"我并不是完全帮老四问，我自己也有些迷糊，我总觉得，命运未免待我太好，我真怕纤纤以后发现，我是一文不值的，所以，我也想问问她，到底喜欢我哪一点！"

"你真浑哪！"佩吟说，"这种问题，你不会在私下和纤纤谈吗？一定要她在大庭广众里招出来吗？"

"大家都听着，比较有人证！"

"有人证！"佩吟又气又笑，"我看你是近朱者赤，近墨者黑，你是和赵家太接近了。"

"怎么说？我听不懂！"颂蘅问。

"有什么不懂的，完全律师口吻嘛！"佩吟说。

大家都笑了，笑完了，颂蕊这家中最小的一个"小姑子"，就不肯饶掉纤纤，又绕到老问题上来，她逼视着纤纤，一迭连声地问："说呀！纤纤！我哥哥问你的问题，你还没答复呢！说呀！纤纤！"

纤纤被逼不过，居然抬起头来了，她脸红得像刚熟透的苹果，眼珠水灵灵而亮晶晶，闪烁着满眼的纯真。她不笑了，却有个比笑容更温柔、更细腻、更甜蜜的表情，罩满在她的面庞上。她的脸发光，声音清脆而温柔，她说了："虞伯母，刚刚你们都说颂超是傻小子、傻瓜、傻乎乎的、愣小子、木头人儿……一大堆。可是，你们没有很了解我，韩老师是知道的，我只是样子好看，其实，我才是好笨好笨的。很多好简单的问题，我都不懂，说实话……"她悄然环顾室内的男男女女，"我连你们家的人，谁是谁都弄不太清楚，一定要多给我一些时间，我才会弄明白的。颂超——他对我好，他不像你们讲得那么傻，他是很聪明的！"她用又热烈又崇拜的眼光看着颂超："他懂很多东西，会很多东西，他可以在空地上造起高楼大厦，可以在荒地上造起玻璃花房，他懂得画图、设计，用脑筋去思想，他会打球、游泳、跳舞，做各种运动，他还知道春夏秋冬四季的花花草草……唉唉！"她轻叹着，认真地睁大眼睛："你们怎么能说他笨呢？他是我见到的最最聪明的人！而且，他那么高大那么强壮哪！他使我觉得自己很弱很小，有了他，我就好像什么都有了，什么都安全了，天塌下来，他会帮我顶着，地陷下去，他会帮我拔出来……他就是我所有的世界了！我不知道我看上他哪一点，因为，他对我而言，不是'一点'，而是'全部'！唉唉！"她又叹气，眼睛更亮更亮了："我是不会说话的，我好笨，好不聪明，我说不清楚我的意思。虞姐姐，你们个个都好，都比我会说话，或者，你们会懂我的意思……"她重新盯着颂超，毫不掩饰，毫不保留，她坦率而热切地说："我只知道我爱他，爱他所有所有的一切，没有他，我就不要活了！"

她说完了，一时间，整个房子里变得鸦雀无声，大家都呆了，没有人说得出话来，平日叽叽喳喳的虞家三姐妹，都像中了魔，只是瞪着纤纤发愣。虞太太眼眶红了，眼睛湿了。虞无咎挑着眉毛，用一种崭新的眼光去看他的儿子，似乎到此时才又来重估自己这宝贝儿子的分量。黎鹏远和何子坚呆坐着，简直无法把眼光从纤纤脸上移开。佩吟仍然靠着纤纤坐着，用了解的、激赏的眼光看着纤纤。她服了她了，事实上，她早就服了她了！纤纤看到自己的一篇话，把满屋子的笑语都打断了，她有些惊慌起来，有些失措起来，她的脸微微发白了，坐正身子，她悄声问："我是不是说错了话？"

颂超从她面前的地毯上跪起身子，他再也不管姐姐妹妹们会怎样取笑，再也不管以后姐夫们会把他怎样嘲弄，他一把就抱住了纤纤，把她的头紧压在自己肩膀上，热烈地低喊着："你没说错！你一句话也没说错。只除了——你使我上了天，现在，你不给我搬梯子的话，我真不知道怎样从天空上走下来。噢，纤纤！"他轻唤着："让我在全家人的面前起誓，我会用我以后所有的生命，来报答你这片深情！我会保护你、怜惜你、爱你！"

室内又静了一会儿，然后，活泼的颂萍首先跳起身子，拍着手，打破了室内那稍微有些尴尬的气氛，她一迭连声地喊："春梅！春梅，快拿香槟来！爸爸，对不起，我们要大开酒戒了，碰到这种事情，不喝香槟是绝对不行的！颂蕊，你去拿杯子！鹏远，你也别呆站着，把咱们家的香槟酒统统收集过来！"一句话提醒了大家，立即爆发了一阵欢呼声。顿时间，房子里又忙又乱，大家穿梭着奔来跑去，香槟酒来了，杯子来了，颂萍趁混乱间，把那兀自抱着纤纤发呆的颂超紧揪了一把，这才把这傻小子从"天上"接回地下来了。他站起身子，也开始跟着大伙儿起哄，开香槟，倒酒，碰杯，一时间，屋子里充满了酒香，充满了人语，充满了笑声，充满了玻璃瓶与杯子相撞的叮当声。颂蕊也塞了一杯酒给纤纤，纤纤端着酒杯，悄悄地问佩吟："韩老师，我可以喝酒吗？"

"你可以喝，"佩吟笑着说，感动得眼眶也在发热，"不只你可以喝，我也要喝！"于是，大家都碰起杯来，欢呼着，叫嚷着，彼此祝福着彼此，虞太太是忘形地把纤纤左抱一次，右抱一次。黎鹏远三杯酒下肚，就开始长吁短叹起来。

"你怎么啦？"颂萍问他。

他盯着纤纤看，纤纤的脸已经被酒染红了，而且，感染了虞家上上下下的喜悦和祝福，她不能自已地笑着，笑得又甜蜜又温馨，又醉态可掬。

"唉唉！"黎鹏远叹着气，"老三有这种艳福，实在是让我不服气，想当年，我黎鹏远翩翩一少年，哪一点不比老三强，只是一时失察……"

"你再说！你再说！"颂萍朝黎鹏远叫。

黎鹏远笑着一把钩住颂萍的腰，把脑袋倒到她肩膀上去，用京戏道白的声调喊着："小生已经醉了，娘子原谅则个！"

立刻，满屋子都大笑了起来，笑得天翻地覆，地覆天翻。纤纤何曾经历过这种场面，也跟着大家笑不可仰。颂超拿着个酒瓶，不停地给每个人斟酒，他神采飞扬，俨然是个"男主角"。瓶子拿到佩吟面前，佩吟脸红红地用手盖住杯口，笑着说："我真不能再喝了！"

"不行！"颂超笑着不依地，"佩吟，我要特别敬你一杯，你不知道我有多感激你！"

他话中有话，佩吟一笑，心照不宣，她让他再斟满她的杯子。颂蓟听出语病，忽然啊呀一声叫了出来："老三！你完了！"

"怎么了？"颂超吃了一惊。

"你瞧，"颂蓟说，"你和纤纤的婚事是只等选日子了！而佩吟和赵律师的婚事也只等选日子了！等佩吟结了婚，纤纤就要叫佩吟一声妈，而你呢？老三，你叫丈母娘，该叫什么呢？"

"噢，真的！"何子坚跟着太太起哄，"老三，你完了！你得叫佩吟一声'妈'了！"

"我的天！"佩吟喊，带着酒意，倒在沙发里，用手轻拍着额，"我连纤纤，都不许她改口。何况你们虞家的辈分，从来就乱喊一气，妹妹喊哥哥老三，弟弟喊姐姐老大……现在，居然跟我论起辈分来了！算了，算了，我看，将来颂超和纤纤生了儿子，说不定儿子叫颂超还叫老三呢！"

大家又笑。就不知道怎么，虞家总有那么多的笑声，那么多的笑料。在觥筹交错，笑语喧哗里，虞太太也关怀地把佩吟拉在一边，悄声问："真的快结婚啦？"

"年底吧！"佩吟红着脸说。

"你妈怎样呢？"虞太太关心地，"她那个病——好些了吗？"

"奇怪，最近稳定多了，也不发脾气，也不乱吼乱叫了，脑筋也清楚些了。我爸说，可能因为我的婚事，使她醒悟到自己是个母亲，就暂时忘了佩华了。"

"哦，这倒是真的，"虞太太说，"说不定一办喜事，冲它一冲，倒把人给冲明白了！"她拍着佩吟的手背，由衷地说："我非谢谢你不可，不管怎么样，老三这件喜事，都是你的撮合。"

"不要谢我。"佩吟微笑着，"我觉得，一切都是天意！他们两个的见面，本来就很偶然，是由一盆金盏花开始的……"她笑了，想着那个早晨，一个"傻小子"来告诉她一个故事，另一个"小公主"捧来了金盏花："许多时候，人算不如天算。伯母，我相信命运。你呢？"

"我相信你会有个非常幸福的未来！"

那夜，他们喝酒一直喝到夜深，然后，赵自耕的电话来了，他对颂超笑着说："你们虞家怎么回事？我的女儿和我的未婚妻都在你们家，我这儿就太寂寞了！快把纤纤送回来吧，结婚后，再慢慢聊天去！"

"是！我马上送她回来！"

夜深人散，酒尽灯残。颂超带着满胸怀容纳不尽的幸福，驾着他那辆"跑天下"，先把佩吟送回家，再把纤纤送回家，他自己驾车回来的时候，除了无边无际的幸福和欢乐以外，他实在没有丝毫"不幸"的预感，直到他的车子停在家门口，正预备开到车房里去，他在车灯的照耀下，忽然发现一个女人，正抱着双手，斜靠在他家门口的柱子上，静静地瞅着他。

他吓了好大一跳。如果他现在看到的是一个外星人、一个怪兽、一个魔鬼，都不会让他更加震惊，更加恐惧了。他望着她……那满头乱糟糟的小发卷，那相当美丽的大眼睛，那长而黑的假睫毛，那一件鲜红色的紧身衫，那高耸而诱人的胸部，那黑丝绒的裙子……他立即关掉车灯，呆呆地坐在车里，酒意都飞走了。

维珍走了过来，她身上那浓郁的香水味，就对他绕鼻而来，她扶着车门，注视着他。

"我能不能坐进车里来，跟你讲两句话？"她温和地说，"我想，我们总是朋友，对不对？"

他傻傻地打开了车门，让她坐了进来。

"我打过很多电话给你，"她说，看着他，眼睛里闪着光，带着某种看不见的威胁，静悄悄地盯着他，"你办公室里永远说你出差了，你家里永远说你不在家……我知道，你这一向忙得很。又要盖花房，又要陪人家阔小姐，而且，你好像准备要做新郎了。是吗？"

他低下头，咬住嘴唇，觉得很惭愧。无论如何，他和维珍这一段，总是他不对。"我很抱歉，维珍。"他由衷地说，"我知道我很对不起你，不过，我们可以永远做好朋友，是不是？"

"朋友？"她冷哼了一声，"你是这样对待朋友的吗？不接电话，不见面，你像逃避一条毒蛇一样地逃开我！"她声音里开始充满了怨恨："你知不知道，我来找过你，你家的女佣，看到我就说你不在。今晚，我已经来过一次，你们家灯火辉煌，笑声连大门外都听得到，可是，你家的女佣仍然把我关在门外。"

他的心怦然一跳，暗道好险！万一春梅放她进来了，万一她和纤纤见了面，他真不知道后果会怎么样！他看着她，想捏造一个"不在家"的借口："其实，我真的不在家……"他勉强地说，由于根本不善于撒谎，他说得吞吞吐吐："你听到笑声，可能是……可能是……我爸爸在请客……"

她死死地盯着他，即使在那么黯淡的街灯下，他也可以看出她眼里的愠怒。"你不在家！"她沉声说，"可是，你笑着出门，左拥右抱，先送一个回家，再送另一个回家……"

"你……你……"他讷讷地说，"你跟踪了我！"

"没有。我没那么大兴致。"她耸了耸肩，"我看着你开车出门是真的，车上有两个女人也是真的，我没当场出来拦你的车，算是给你面子。我想，你总要回家的，我就在这儿等着你，看你预备给我怎样一个交代。"

"交代？"他开始心慌意乱起来，这两个字未免用得太重了，他紧张地注视着她，手心在出汗，他明白，他是惹了麻烦了,"你是什么意思,维珍?"

"你有了新的女朋友了?"她问。

"是的。"他傻傻地回答。

"赵自耕的独生女儿?"

"是的。"

"嗯,"她哼着,"你算钓着大鱼啦!"

他的心又陡地一跳,他想起,佩吟警告过他,他是维珍的一条"大鱼"。现在,她这种语气,正和佩吟的话不谋而合。他从没料到,人与人之间的关系,可以用"钓鱼"两个字来形容的。而且,他觉得被侮辱了。他和纤纤的感情,被她这样一说,变得好恶劣。"维珍,"他正色说,"我对你很抱歉,真的很抱歉。但是,请不要侮辱我和纤纤的感情,我对她是非常非常认真的,我爱她。"他忽略了人性,他太天真,永远弄不清像维珍这种女人的心理。

维珍的眉毛竖了起来,眼睛瞪得又圆又大,她重重地呼吸,眼睛里冒着火,她咬着牙说:"你爱她?呃?"

"是的!"他仍然诚实地回答。

"那么,你预备把我怎么办?"

"你?"他一愣。

"我是给你玩的,是吗?"她恶狠狠地问,气呼呼地问,"我想,你已经忘记福隆那一夜了?"

他闭了闭眼睛,用手指插进头发里。福隆,他真希望这一生从没去过这地方,真希望那只是个噩梦!

"维珍,"他的声音变得软弱而无力了,"你要怎样才能原谅我呢?"

"原谅?这不是原谅与不原谅的问题,这是责任的问题!虞颂超,你又不是未成年少年,你要对你的行为负责任!记得吗?那天我拒绝过你,记得吗?我一直求你不要碰我,可是,你——你强——"

"好好好!"他慌忙打断她的话,生怕听到更难堪的字眼,冷汗已经从他背脊上冒了出来。他想,他是碰到敲诈了!"说吧!"他咬牙,"你要我怎么负责任?"

"你必须娶我!"她清晰而有力地说了出来。

他大惊失色,以为自己听错了,瞪着她,他问:"什么?"

"你必须娶我!"她再重复了一遍,眼睛不看他,而冷幽幽地望着车窗外面,"因为——我有了你的孩子!"

他觉得脑子里轰然一响,坐在那儿,他顿时成为一座石像。不能思想,不能移动,而且,简直不能呼吸了!

晚上,佩吟在赵家,她正和赵自耕在谈论一个非常重要的问题。自从开学以后,佩吟早上有课,只有下午和晚上,她才能和赵自耕在一起,因为佩吟家的简陋和她母亲情绪的不稳定,所以总是佩吟来赵家,而非自耕来韩家。平常晚上,纤纤多半也不在家,最近,颂超正在教她跳舞,教她领略一些花花草草以外的人生,纤纤活得又充实又满足。但是,今晚很意外,颂超人也没来,电话也没来,纤纤就失魂落魄地在客厅里和奶奶玩"接龙"。而赵自耕和佩吟,就自然而然地避到书房里去了。

"我告诉你吧,十二月二十日结婚,我已经翻过黄历,大好的日子。我这人是从不迷信的，为了我妈，也只好迷信一下，佩吟，你不能给我任何理由来拖了。你瞧，你才二十几岁，再拖几年也没关系，但是，我已经老了，你总不要嫁个白发老公公吧！"

"别胡扯了！"佩吟咬着嘴唇，深思着，"我只是觉得太快，我还有些问题，现在已经十一月中了，一个月之间筹备婚礼……"

"你根本不需要准备什么，"赵自耕武断地说，"服装啦，礼服啦，首饰啦……我都在十天之内给你弄齐，我有专门的服装店，到家里来给你量身做衣服……我现在就打电话叫他们来，怎样？"他说做就做，立即伸手去拿电话听筒。

"不要孩子气啦！"佩吟慌忙把手按在电话机上，"我考虑的不是服装、首饰……这些事，你知道我根本不在乎这些的，最好是公证结婚，免麻烦！"

"不不！"赵自耕固执地，"我要给你一个铺张的婚礼，我要全世界都知道我娶了你了。但是，日子必须要定了，我们还要租礼堂，印请帖，订酒席，一大堆的事啦！喂！"他瞧眼看佩吟，担心而歉意地笑着："你到底还有什么问题，总不是为了莲园的事还在生气吧，你看，我已经把苏慕南开除了，我已经向你解释过了，而你……你也原谅过我了。"

"唉！"她叹口气，"不是的！"

"那么，到底是什么？"他把她拖到怀里来，正视着她的眼睛，似乎要看到她的灵魂深处去。

"是……是为了我爸爸和妈妈，"佩吟终于轻声地说了，

"我在想，我嫁了，他们会……好寂寞。"

赵自耕看了佩吟好一会儿。然后，他用胳膊圈着她的腰，把她圈在自己的臂弯里，他诚挚而深思地说："我们——接他们一起住，好吗？"

佩吟摇摇头。

"为什么不好呢？"赵自耕柔声问，"我们家房子那么大，纤纤眼看也要出嫁了，把他们接来，你也放心，我妈也有个伴……"

"唉，你知道行不通的！"佩吟低声打断了他，"难道你还不了解我爸爸吗？他那么孤介，他是绝对不肯住到女婿家来的，而且，我妈又是病病歪歪的，谁也不知道她什么时候会翻天覆地地闹一下……"

"你妈不是已经进步多了吗？我上次介绍去看你妈的朱大夫，不是说她已经稳定了，而且，她也不再恨你了。"

"朱大夫不能肯定说她已经好了。朱大夫说，她需要一种取代，取代她对佩华的爱，而我们谁都不知道那取代是什么，或在什么地方。朱大夫说，也可能，也可能……"她吞吞吐吐，而且脸红了，"将来我……有了小娃娃，她就会好了。"她看到他在笑，就更羞涩了，立即继续说："她最近确实不恨我了，昨晚，她还拉着我的手腕，对着我手上的疤痕流泪……她知道是她弄伤了我的。我想，她忽然这样母性，就是因为知道我快结婚了。她害怕，她很害怕失去我！她——"她叹口气，"她还是爱我的。"

"所以，"赵自耕正色说，"我们不要让她失去你，我们接她一起住。"

"我说了,爸爸不会肯,而且,还有奶奶……"

"我妈呀!我妈绝不会反对的!"

"我知道。但是两个老人家住在一起,总会有意见不合的地方,我妈在病中,又不是很理性的。万一……两人闹点别扭,我们两个都为难,多少夫妻的失和,都不是本人问题,而是长一辈的问题。"

赵自耕瞅着她。"想不到,"他沉吟地说,"你还是个婚姻专家呢!你说得也对,我办过的几个大家族的离婚案,争产案,都是亲属关系闹出来的。"

"所以嘛!"佩吟微蹙着眉,"我不能接他们过来,也不能丢下他们不管。"

"那么,你要怎么办?"赵自耕有些急了,"你一辈子不嫁,守着他们,还是——要我'嫁'到你家去?"

佩吟抿着嘴角笑了笑,又叹了口气,犹犹豫豫地开了口:"自耕,我有个办法,就是……就是……不知道行不行得通?不知道你……肯不肯?"

"你有方法?那你还不快说!"自耕催促着,挑起了眉毛,"一定行得通,也一定肯!你说吧,别吞吞吐吐!"

"自耕,你到过我家,我家那幢改良式的日式房子,事实上是公家的,而不是我爸的。现在,我爸已经退休了,公家又有意收回房子盖公寓,所以,我爸那房子,是怎么都住不长了。这些日子,我注意到,注意到……"她咽了口口水,很困难地说,"你家隔壁的空地上,也盖了好多新公寓,正在出售。我爸爸有一笔退休金，大概有三十几万……"

"好了！我懂了！"自耕打断了她，笑了起来，"你也别提你爸的退休金了，明天就去看房子，我买一幢下来，把他们接过来住，这样，你娘家夫家都在一块儿，你随时都可以回娘家，随时都可以照顾他们，这不就行了。好了吧！我的小姑奶奶，你该没问题了吧，十二月二十日，怎样？"

"不忙，不忙。"佩吟说，"你还没弄懂我的意思，如果爸爸知道这幢房子是你买的，他也不肯住的，他一生就不肯占人一点点小便宜。所以，我提到爸爸的退休金，我已经问过那房子，要一百二十万一幢，但是，可以分期付款，你去说服那房东，要他告诉我爸爸，第一期只要三十万，其余的可以分十五年或二十年付清，那么，每个月只要缴几千块，我对爸爸说，我用教书的钱来付。事实上，你当然一次付给他。这只是用来说服我爸爸而已……至于，要你一下子拿那么多钱，我想……我想……你不用给我什么钻戒啦，只要个白金的线戒就可以了！"

他看了她几秒钟，她因为提出这么"大"的"要求"而脸红了。

第十章

　　他一下子把她紧拥在怀里，嘴唇贴在她耳边，他低声地、温柔地、诚恳地、热烈地，却"肯定"地说："我们明天就去买房子，房东的说辞，当然不会有问题。至于你的婚戒，我已经定做好了，不大，只有五克拉，我一定要我的新娘手上有钻戒。并不是出于虚荣，而是因为，钻石是最坚固的东西。"

　　"可是……可是……"

　　"不要可是了！"他打断她，"十二月二十日？"

　　"如果……你能在十二月二十日以前，让我父母搬过来，那么，就是……十二月二十日吧！"

　　"我在……十天之内让他们搬进来！"

　　"不要那么有把握，"佩吟笑着，"你可别穿帮啊，我爸脾气才拗呢！"

　　"不敢穿帮，不能穿帮，也不允许穿帮，否则，我就没太太了。这么严重的问题,我怎么会……"

他的话没说完,电话铃蓦然响了起来。在赵家,电话号码有好几个,赵自耕书房里的号码是条专线,只有最亲近的人才用这号码,而且,可能有急事的时候才用。赵自耕拿起听筒,一听之下,就笑了。

"颂超啊?你打到客厅里去吧,纤纤等了你一个晚上了,以后你要是晚上不来,还是早点告诉她……"

"不不!"颂超的声音焦灼而紧张,"我不是找纤纤,赵伯伯,佩吟是不是在你那儿?我有点急事要跟她谈!"

赵自耕蹙起了眉头,奇怪地把听筒递给佩吟,满脸的狐疑和不解,他说:"是颂超,他要跟你说话,急吼吼的,不知道出了什么事?"

佩吟困惑地闪了闪眼睛,接过了听筒。

"佩吟,"颂超急切地开了口,"是不是你?"

"是我!"

"你听着,不要多说什么,我不能让赵伯伯和纤纤知道这件事,我告诉你,我完了!我碰到麻烦了,我什么都完蛋了,我简直想自杀了!"

"怎么回事?"她皱拢眉头,"你慢慢说!"

"昨天晚上,我把你和纤纤送回家之后,你猜我碰到了什么?有人在我家门口等我!是维珍!她告诉我说,她说,她说……"他直喘气,说不下去。

佩吟的心已经凉了,她猜出了一大半。

"你说吧!"她鼓励地,"直说吧!怎么样?"

"她说——她有了我的孩子！她要我和她结婚，否则，她会去找赵伯伯和纤纤，把这件事告诉他们。你知道，假若纤纤知道了这回事，那就等于杀了她，也等于杀了我了。今天，我和维珍谈判了一整天，谈到刚刚才分手，我愿意给钱，我愿意帮她找医生解决，她统统不肯！她说她不为钱，她说堕胎是犯法的，她不干。她说她要这个孩子，要我！她一定要我负起责任来，一直威胁我，说她要去找纤纤。佩吟，我快急死了！我想，她真会去找纤纤的。我已经走投无路了，只好打电话找你，你看，我该怎么办？难道我为了那一夜的糊涂，该负这么大的代价吗？如果要我放弃纤纤而娶维珍，我还是一头撞死算了……"

"颂超！"她打断了他，"你先不要乱了章法。这件事太麻烦，我看，也不是我的能力所能解决的，你需要帮助，颂超，你听着，我得把这件事告诉你赵伯伯……"

"不要！"他尖叫，"他一向把我看成一个好纯洁好善良的孩子，假若他知道我闯下这种祸来，他还会要我做女婿吗？"

"他会要的！"她肯定地说，看了赵自耕一眼。赵自耕是越听越糊涂了，他满脸疑惑地望着佩吟。佩吟握牢了听筒，脑子里在风车似的转着念头，然后，她坚决地说："你听好，颂超，这事必须马上解决，否则，会越拖越麻烦，你家和赵家都是有名的家庭，万一闹大了，你想会有什么后果？"

"噢！"颂超苦恼地闷声说，"我还没想到这一点！我只是不明白维珍，她明知道我不爱她，为什么要缠住我？这样的婚姻有什么意义？我会恨死她，恨她一辈子，我也不要那个孩子,我从来就没想到会有孩子……"

"别说这种话!"佩吟打断了他,"这给了你一个教训,以后你该想到了!"

"还会有以后吗?"颂超大叫,"我已经懊悔死了,懊悔死了,懊悔死了,懊悔死了……"

"好了,颂超,你别叫!"佩吟说,"我告诉你怎么办!我一定要把这事告诉自耕,维珍在要挟你,自耕对这种事有经验,而且你也瞒不住他。现在,你先打个电话到客厅里,告诉纤纤你今晚不来了,叫她早点去睡,然后,十点钟以后,你……你……"她拼命思索,终于说,"你来一趟,我们大家一起研究研究……不不,不好,这样吧,你在家吗?"

"不在,我怎么敢在家里打这种电话?如果给我爸听到,我非被砍头不可!我在一家咖啡馆。"

"给我号码,我和自耕商量一下再打电话给你!"

她记下了电话号码。"现在,"她说,"你打电话给纤纤,我们要把她支开,对不对?"

"你——"颂超苦恼万状地问,"确定赵伯伯不会生我气吗?"

"他会生气的,但是,他会原谅你!"

"你确定?"他再问。

"我确定!"她挂断了电话。

赵自耕看着她,一瞬也不瞬地。

"这小子出了什么事?"他问。

"他犯了一个错,很多男人都会犯的错,你——也犯过的错……"她吞吞吐吐地说。

"好了,"赵自耕打断她,"我保证不骂他,保证不生气,好吗?别把我也扯进去,他碰到麻烦了?和女人有关的?"

"是的。"于是,佩吟开始说出维珍和颂超那段交往,他们认识的经过,维珍和佩吟的关系,以及颂超带她去福隆,怎样在福隆游泳、过夜,而春风一度。现在,维珍有了孩子,她要和颂超结婚……种种种种。

赵自耕很沉默,垂着头,他沉吟了好半天,然后,他抬起头来,脸色非常难看。"维珍就是林维之的妹妹?"他问。

"是的。"

他点点头,瞅着她。"不错不错,你会选男朋友!"

佩吟的脸色变了。"你要找我的麻烦吗?"她问,"难道……"

他伸手握住她的嘴。"别说!"他低语,"我在迁怒,因为你不许我生颂超的气!"他放下手来,烦躁地在室内踱着步子:"这真是件莫名其妙的混账事!"他在桌子上重重地拍了一下,抬起头来,他盯着佩吟:"这女人既然是你的朋友,你当然了解她,她的目的到底是什么?她既然会勾引男孩子,为什么不避孕?她的目的是婚姻吗?她要一个没有爱情的婚姻干什么?我真不懂这种……"

"慢一点,慢一点!"佩吟阻止了赵自耕的低声咆哮。她的脑子里有个灵光在闪耀,有某些看不见的环节在像锁链般地连锁起来,她深思着:"你知道吗?她最初的目标是你!她要求我介绍她认识你!后来,她发现颂超是虞无咎的儿子,就又转移了目标。我想……她一直在追求名利，她爱出风头，喜欢引人注意，喜欢征服男人，……在某些方面，她和你那位莲园的女主人，有异曲同工之妙……"

"嗯，"赵自耕轻哼着，"我们别讨论到范围外面去，好不好？"

"没有出范围，"佩吟仍然在深思着，"事实上，第一次向我提到琳达的就是她！"

"更该死了！"他在低声叽咕。

她抬起头来，直视着赵自耕。

"很抱歉，自耕，我也想不出她到底要做什么。你曾经对我分析过苏慕莲的心理，你对这种女人应该比我了解，或者，她是真爱颂超？像苏慕莲爱你一样？"

赵自耕的脸红一阵又白一阵。

"你饶了我吧！"他请求地说，"你为什么一定要把这两个女人扯在一起谈？"

"好，我们不扯在一起谈。"佩吟说，咬了咬嘴唇，仍然在用着思想，"维珍已经二十五岁了，到了这个年龄，任何对男性有吸引力的女人，也都会恐惧青春的消失……对不起，"她看着他，"这又是你的话。有的女人为了证实自己还有吸引力，就会找比自己还年轻的男人玩，像慕莲……"

"喂，佩吟，你到底在想些什么？"赵自耕无可奈何地说，"你一定要指桑骂槐吗？"

"你要不要解决颂超的问题呢？"她瞅着他问。

"当然要！"

"那你就别打岔,让我想一想。"她坐进椅子里,看着天花板,想着维珍,"有的女人要钱,有的女人要爱情,有的女人要安全感!维珍——她要一个丈夫!一个在社会上有点地位,在经济上有相当基础的丈夫!她不在乎这个丈夫爱不爱她,反正她还可以去吸引别的男人⋯⋯对了!这就是她的目的!她要一个社会地位!就是这样!"

"那岂不完了?"赵自耕瞪大眼睛,"你的意思是说,她要颂超要定了?颂超这个傻瓜蛋,他可以否认这件事啊。是的,"他喘着气,"这傻小子连赖账都不会!可是,我告诉你,"他盯着佩吟的眼睛,低声说,"如果纤纤失去颂超,她就——死定了!"

"我看,"佩吟的脸色也有些发白,她想起纤纤在虞家的那篇毫不隐晦的侃侃而谈,"我们必须把维珍找来,和她谈一次,看看她能接受怎么样的条件!"她去拿听筒,望着赵自耕:"你想一个安全的地方,叫颂超把她带去,我们马上和她谈判,快刀斩乱麻!"赵自耕转动着眼珠,用手拍着额头。

"事实上,哪儿有安全的地方!"他看看手表,忽然下决心地说,"你打电话给颂超,叫他十一点钟,带这个女人到我们家来,最安全的地方,就是我这间书房!"

"你不怕纤纤听到?"佩吟问。

"十一点钟,纤纤早就睡了!而且她的卧室在楼上,她又没有偷听的习惯!"

"奶奶呢?吴妈呢?"

"她们睡得更早!"

佩吟迟疑着："我觉得不妥当！"

"不妥当，也得这样办！"赵自耕皱紧了眉头，"又不是什么光彩的事。家丑不外扬，这事还能在大庭广众里谈吗？你打电话吧！带她来，我要看看这是怎样一个女人！"

佩吟拿起听筒，拨了电话。

深夜，颂超带着维珍走进了赵自耕的书房。

佩吟很仔细地打量着维珍，她还是那么漂亮，还是那么明艳，还是那么充满火辣辣的热力。她穿着件宝蓝色的紧身衬衫，一条黑丝绒长裤，外面是黑丝绒的西装型外套。由于室内很热，她一进房间，就把外套脱了，搭在椅背上，她那玲珑的曲线，就在灯光下暴露无遗。佩吟很细心地在她小腹上扫了一眼，确实微微凸起，但是，大约是头胎的关系，还看不明显，也不太影响她那美好的身材。

赵自耕也在打量维珍，那乌黑的眼珠，那厚而性感的唇，那不大不小的鼻子，那浓挺而带点野性的眉毛，那惹火的身段，那低领的衬衫，那绷在臀部的丝绒裤……他是以一个"男人"的眼光来看维珍的，虽然只是几眼，他已经把她看了个清清楚楚。这是个典型的、性感的尤物！怪不得颂超那傻小子会被她捉住，如果换了二十年前的自己，也不见得逃得过这种女人的诱惑。他抬头扫了颂超一眼，颂超已经精疲力竭，狼狈得像个斗败了的公鸡，被赵自耕这样锐利地一看，他就感到简直无地自容了，垂下头去，他对赵自耕低声说了句："我很惭愧，赵伯伯。"

说真的，赵自耕对他的"同情"已经超过了"愤怒"。

但，他毕竟是长辈，毕竟是纤纤的父亲，他总不能表现得太"软化"。他瞪了颂超一眼，似有意又似无意，他的眼光在佩吟脸上停留了片刻，又转回到颂超身上来："你现在知道了吧？即使是一时的迷惑，你也会付出相当的代价！甚至于不是道歉所能弥补的！"

佩吟在赵自耕眼光一转之间，已知道他眼光里有着深意，听他这么一说，她简直有些想笑，假若不是在这么尴尬的气氛下，假若不是在这么"剑拔弩张"的情势下，她真的会笑。哪有这种人，他表面上在教训女婿，实际上却在对未婚妻暗送歉意。她只有轻咳一声，表示没注意，而把目光集中在维珍的身上。维珍，她居然在笑！她笑得轻松而愉快，还有层隐隐的得意，她显然对自己引起的这场风暴有份恶意的满足，她看看颂超，看看佩吟，再把目光停在赵自耕身上。

"哎哟！"她夸张地开了口，笑意遍布在她的眉梢眼底，"看样子，这简直是三堂会审嘛！"

"林小姐，你请坐！"赵自耕指着沙发。

"不敢当，赵大律师，"维珍轻轻闪动了一下睫毛，眼底自然而然地流露出一股妩媚，"你这样称呼，我可受不了，叫我维珍吧！我想，你当然已经知道了我的名字，我嫂嫂一定会把我的事一五一十都告诉你！"

"你嫂嫂？"赵自耕本能地一怔，脑筋还没转过来。

"哎哟！赵大律师！"维珍调侃地笑着，"你总不至于还不知道，佩吟和我哥哥订过婚的吧！她和我哥哥之间啊，啧啧，就别提有多要好了！假若我哥哥没去美国，今晚我嫂嫂也不会站在你家书房里了!"

"那么,"赵自耕盯着维珍,不慌不忙地说,"请代我谢谢你哥哥,他出去出得好,变心变得好,结婚结得好!对这件事,我实在非常非常感激他!"

佩吟心里有一阵激荡。说不出的一股温暖、甜蜜和激赏就掠过了她的心头。但是,今晚要解决的问题,是颂超和维珍间的关系,而不是来为佩吟的身份而斗口的。她轻咳了一声,她看得出来,颂超已经像热锅上的蚂蚁,又搓手,又迈步,又不时跑到窗口和门口去倾听,他显然怕惊动了纤纤。

"放心!"她悄声对颂超说,"纤纤已经睡得好沉好沉了。自耕耍了点花样,给她的牛奶里放了一粒安眠药,我刚刚还上楼去看过她,她睡得我叫都叫不醒。"

颂超比较放心了。他望着维珍。

"好了,维珍,"他说,"你到底要什么,你就说清楚吧,怎么样可以放我一条生路,你就说吧!"

"咦!"维珍的眉毛挑起来了,她紧盯着颂超,"我们谈了一整天,你难道还没有弄清楚?我什么都不要,只要你!谁叫你是我孩子的父亲呢?"

"慢一点,"赵自耕插嘴说,"维珍,孩子的父亲是谁,并不能凭你嘴讲的!你有什么证据说,孩子的父亲是颂超呢?"

"噢!"维珍的眼睛瞪得又圆又大,"要证据啊?原来,你们打算赖账了?赵大律师,这就是你一贯的作风,是吗?要证据!如果我拿不出证据,你们就打算赖了!"她掉头看着颂超,板着脸,一本正经,而又满脸正气地问:"颂超,你也打算赖吗？假若你也打算赖账的话，我今天晚上就认栽了！算我涉世未深，被人玩了、甩了，始乱而终弃了！没关系，"她有股豁出去的表情："颂超，我今天只要你一句话，你是不是也打算不承认这个孩子！你说！只要你说得出口，我转身就走，永远不来麻烦你们了！你说！你亲口说！"

"这……这……"颂超涨红了脸，满脸的尴尬，满脸的狼狈，满脸的沮丧和满脸的憨厚。他转头看着赵自耕，请求地、抱歉地、痛苦地说："赵伯伯，请你——不要这样做，祸是我闯的，如果我再不承认，就未免太……太……太卑鄙了！"

赵自耕深吸了口气，心里在咬牙切齿地暗骂，这个傻小子，简直是糊涂透顶！但是，不知怎的，他内心深处，对这傻小子的"糊涂"，却又有种欣赏的情绪。

"颂超，"他盯着他，认真地说，"你知道吗？即使是你自己，也无法证实这孩子是你的！除非等孩子生下来，我们用最精细的血型鉴定，才能证明你是父亲！"

"哦！我懂了。"维珍靠在沙发里，仍然睁大了眼睛，她看看赵自耕，又看看颂超，"你们要等孩子生下来，再血型鉴定一下，好！颂超，我就给你把孩子生下来。不过，在孩子生下来之前，你总是个'嫌疑犯'吧！赵大律师，请问你们对嫌疑犯的处置是怎样的？最起码，也要拘留审讯，等到洗清罪嫌，才能释放吧！"

"你错了！"赵自耕冷冷地说，"如果罪嫌不足，是'不起诉'处分！"

维珍的眼睛睁得更大了，她望着赵自耕，深深地点了点头。"我领教你了。"她低声地说,低沉而怨恨。转过头去,她又面对着颂超,她幽幽地、清晰地、却有力地说:"我会等孩子生下来,颂超。我会立即把他送去血型鉴定。然后,我要抱着孩子举行一个记者招待会,公布今天晚上你们对我所做的事!一个是鼎鼎有名的大律师,一个是工业界的青年才俊!我会让社会知道你们的真面目!而且,颂超,不是我今晚危言耸听,假如你敢在孩子落地以前结婚,我会挺着大肚子到婚礼上去闹你一个天翻地覆!"她咬牙,深幽的眼睛里冒着愤怒的光芒。"颂超,我真是看错了你!"她站起身来,要走。

"不要,维珍!"颂超急急地喊,"我并没有否认什么,我并没有不承认我做的事,你别走,我们慢慢谈,总可以谈出一个结论来!"

"结论?"维珍挑着眉毛,愤愤地说,"你根本不想负责任,还会有什么结论?你不肯跟我结婚也算了,你甚至不预备承认自己的骨肉!你根本不是人!你没有人心!"她抬起头来,瞪视着赵自耕,大声喊:"看紧你的女儿,说不定她也会大肚子,说不定也没有男人肯认她,说不定你也需要来血型鉴定一下!"

"不要叫!"赵自耕低声怒吼,下意识地抬头看了看楼顶,怕把纤纤吵醒,"你要不要解决问题?你要不要好好谈?"

"我要不要好好谈?"她的声音更高了,更响了,"我倒要问问你们要不要好好谈?你们有诚意要解决问题吗?你们只想赖账!"她跺脚,跺得又重又有力:"我不准备跟你们再谈下去！我也会找律师，我与其私下被'审'，不如正式打官司。虞颂超，我要告你一状！本来，我还带着感情而来，现在，你们使我忍无可忍了，我们法院里见！"她掉头就往门口走。

"慢一点！"始终站在一边，默然不语的佩吟，忽然往前跨了一步，伸手抓住了维珍的手腕。她笑嘻嘻地看着维珍，一脸的温柔，一脸的关切，一脸的安慰与同情："别生这么大气，维珍，坐下来。"她硬把她拉进沙发里，和她肩并肩地坐着。她安抚地抚摸着维珍的手，把她的手紧握在自己手中。"你这样生气，真犯不着。"她好温柔好温柔地说，像在安慰一个自己的小妹妹，"你要当心自己的身子啊！那么又跺脚又扭腰的，总是不好。你——有没有找医生检查过啊？有没有做产前检查啊？"

"有啊！"维珍说，仍然噘着嘴，却在佩吟的笑语温柔下有些软化了。

"医生怎么说？都很正常吧？有没有贫血啊，营养不足啊，这些毛病呢？你平常爱节食，有了孩子，可不能再节食了，要为孩子保重自己啊！"

"保重个鬼！"维珍说，"没人要的孩子，保重他干什么？"

"别这样说！"佩吟笑着，"哪一个孩子的父亲会不要自己的骨肉呢，你放心，这事我帮你做主，总要给你一个公道……"

"你说真的？"维珍怀疑地问，不信任地看着佩吟。

"当然真的！"佩吟正色说，在维珍耳边又低语了一句，

"我们的关系不同呀,我差不多是看着你长大的。"她用手爱怜地抚摸维珍的肚子:"没想到你比我先当妈妈。是哪一位医生帮你检查的?"

"中山北路那家妇产科医院。"维珍说,又警觉起来,"你以为我怀孕是假的,是不是?"

"怎么会呢?肚子都看得出来了!"佩吟说,"你别把我们每个人都当敌人,好不好?怀孕的事还假得了吗?"她拍拍她的手,不经心地问:"什么时候生呀?"

"明年五月中。"

佩吟微笑着点点头:"现在的医生,推断日子都很准,五月几日?"

维珍倏然抬起头来,变色了。她紧盯着佩吟,眼睛黑幽幽地闪着光,她的声音有些僵了。"你——想要做什么?"她问。

佩吟转头看颂超:"你记得你是几月几日去福隆的吗?"

"我——"颂超皱眉,"我——不记得!"

"想想看!"佩吟命令地,忽然挑起眉梢,"福隆会有旅客投宿的记录!那天,是你第一天有车子,对不对?你的车子是几月几日有的?七月初,因为你来看我的那个早上,我们学校刚刚考过大考!"

"我想起来了!"颂超说,"是七月二日!"

"七月二日以后,你没有再和维珍约会过吗?"

"没有!"

"我弄错了!"维珍忽然尖叫起来,"医生说是四月到五月之间!"

"你更正得太晚了!"佩吟站起身来,看着维珍,"我们都念过生理卫生,人人都知道,怀孕是九个月零十天。如果你是七月里怀的孕,你应该在四月中旬生产,预产期不可能整整晚一个月!维珍,这孩子不是颂超的!你心里有数!谁是孩子的父亲,你一定知道!不要欺侮颂超老实,你有问题,我们都可以帮你解决。但是,这样把问题栽赃似的栽给颂超,未免太过分了!你心里……"

"你这个混蛋!"维珍忽然发狂般地尖叫起来,她扑过去,撒泼似的一把揪住佩吟的头发,开始又哭又叫又喊地大闹大嚷,"你害我中了计!你这个假情假意的混蛋!你这个巫婆!你这个专门钓老头子的狐狸精!怪不得我哥哥不要你,你是个魔鬼!是个丑八怪!是个……"

赵自耕扑了过去,一把拉住维珍的手,因为她已经把佩吟的头发抓得快整把揪掉了,他大吼着:"放手!你这个疯子!"

同时,颂超从背后抱住了维珍的身子,也大喊着:"维珍!你放开手,你不要发神经病!我们帮你解决问题!你放手!放手!"

"我要掐死她,踢死她,咬死她!"维珍又踢又踹,又去咬颂超的手,完全撒起泼来。

赵自耕用力扳开了维珍的手指,解救下佩吟,把佩吟一把拉到屋角去。佩吟被弄得披头散发,痛得眼泪都滚出来了。赵自耕也忘了去管维珍和颂超,只是拼命去抚摸佩吟的头发,一迭连声地问:"怎么样?她弄伤你了吗?"

佩吟用手指梳了梳头发,又弯腰摸了摸膝盖,因为,在混乱中,她被维珍狠狠踢了一脚,维珍穿着靴子,这一脚就相当重,她翻起裙子,膝上已又红又肿。赵自耕急急地说:"我去找点药来,你揉揉看,有没有伤了筋骨!"

"算了算了!"佩吟拉住了他,"我没有那么娇嫩!"

抬起头来,她望着维珍,现在,维珍已经被颂超按进了沙发里,到底颂超身强体壮,她动弹不得,就躺在沙发里尖声怪叫:"虞颂超!你这个没种的混蛋!你压住我干什么?难道你还想和我……"

"住口!"颂超大吼,所有的怒气全来了,"你嘴里再不干不净,我会揍你!"

"你揍!你揍!你有种就揍!"

颂超真的举起手来,但是,他一生也没打过女人,这一掌就是揍不下去。维珍却在闪电之间,伸出手来,在他脸上狠狠抓了一把。她的指甲又尖又利,立刻,就在他脸上留下了四条血痕。颂超怒吼了一声,挥手就给了她一巴掌。然后,他跳起身子,躲得老远。维珍开始哭了起来,躺在沙发里,她哭了个翻天覆地。颂超喘吁吁地用手帕擦着脸,血迹印在手帕上。

赵自耕看着他的脸,跌脚说:"完了,完了,给纤纤看到,怎么解释?"

像是在答复赵自耕这句话似的,房门忽然被推开了,大家看过去,立刻都惊呆了。因为,门口,婷婷然,袅袅然,

223

穿着件白色的睡袍,睁着对黑蒙蒙的大眼睛,对里面注视着的,正是纤纤!一时间,全屋子里都没有了声音,连那哭泣着的维珍,也坐起了身子,擦干眼泪,呆望着门口。只因为纤纤伫立在灯晕之中,光线斜斜地射在她身上,她又刚从床上爬起来,头发松松地披在肩上,她一定是听到了声音,急奔下楼的,所以,她连拖鞋都来不及穿。赤着脚,一件直筒的白色睡袍罩着她,她站在那儿,浑身纤尘不染,竟像个梦幻中的人物,如真如幻,如黑夜中突然出现的仙灵。她那夺人的美,她那夺人的清秀,她那夺人的飘逸和脱俗,竟使那泼辣的维珍都看呆了。

赵自耕头一个醒悟到情况的严重,维珍在这儿,纤纤却来了。正好像佩吟面对慕莲似的,历史在重演!他走上前去,急促而命令地说:"上楼去!纤纤!你去睡觉!我们有事在谈!你不要来打扰我们!"

纤纤轻轻地推开父亲的手,她似乎根本没有感觉到父亲的存在,她的眼光正定定望着颂超,好像满屋子里只有一个颂超,别人都不存在一样。她走了进来,径直走向颂超,她叹口气,低声地、做梦似的说:"我就知道你在这儿,我睡得迷迷糊糊的,但是,我听到了你的声音,听到有人在叫你的名字,我就知道你在这儿……啊呀!"她轻呼着,伸出手去,把颂超按在面颊上的手帕和手移开,她注视着他的脸:"你受伤了!你的脸在出血!噢,别动,当心细菌进去……你坐下来,"她不由分说地把他拉到那张躺椅上,按下他的身子,"你等着,我去拿药膏!"她转过身子,立即轻盈地跑出了房间，对于颂超如何会受伤，她仿佛还没有时间去思索。维珍坐正了身子，她又有了兴趣了。

"原来，这就是纤纤！"她说。

颂超急了，他对维珍又拱手又点头："维珍，求你别对她说什么，她又纯洁又善良，求你不要伤害她，你有任何需要，我们都可以帮你忙！"

维珍眯起了眼睛，还来不及说什么，纤纤已经飞奔着跑了进来。她拿着一管三马软膏，细心地开始给颂超上药，一面抹着药，她一面轻言细语地问："怎么弄的？是不是碰到了麒麟花？"

麒麟花的秆子上全是刺，在纤纤单纯的头脑里，这种伤痕，当然是被刺刮伤的了。颂超还没答话，赵自耕生怕这傻小子实话直说，立刻接口："原来那种带刺的花叫麒麟花呀？他在花园里撞上了那么棵都是刺的玩意儿，就带了伤进来了！"

"噢，"纤纤好心疼，"都是我不好，我把它搬到草地上去沾沾露水……"

"哈哈！"维珍忽然大笑了起来，笑得阴沉而不怀好意，"你们真会演戏啊！纤纤，你看仔细点，他那个伤痕像刺刮伤的吗？"

纤纤抬起头来，这时才发现维珍。她惊愕地问："你是谁？"

"纤纤，"佩吟急忙插了进来，非常焦灼，"这位是林姐姐，是我的朋友。颂超的脸受伤了，我看，你带他到楼上去仔细擦点药，恐怕还要上点消炎粉才行……"

"噢,真的!"纤纤牵住颂超的手,"我们上楼去,我拿OK绷给你贴起来!"

维珍跳起身子,一下子拦在他们面前。"不许走!"她叫着。

"维珍!"颂超的头上冒出了冷汗,"你做做好事吧!积点阴德吧!"

纤纤迟疑了,她看看维珍,又看看颂超,再转头看维珍,她满眼的困惑。"林姐姐,"她柔声说,"你要干什么?"

"告诉她我是谁!"维珍对颂超说,"今天既然大家都扯破了脸,我们谁也别过好日子!"她挺了挺背脊,直逼到纤纤脸上去:"让我告诉你我是谁吧!我是颂超的女朋友!我们很要好,要好得上过了床……"

"维珍!"佩吟喊。

"维珍!"颂超喊。

"维珍!"自耕喊。

纤纤看看满屋子的人,再掉头去看维珍,她满脸的迷惑与不解,满眼睛都盛满了天真和好奇。

"你说,你是颂超的女朋友?"她问。

"岂止是女朋友?"维珍大声说,"他差一点做了我孩子的父亲,给他硬赖赖掉了!"

纤纤是更糊涂了,她那简单的头脑实在绕不过弯来,她微蹙着眉,凝视维珍。然后,她抬头看看颂超,轻声地、温柔地,她小心翼翼地问:"她在说什么?我听不太懂!"

自耕很急,他往前跨了一步,正想给颂超解围,佩吟却一把把他抓住了，佩吟对他摇摇头，示意他不要插手。自耕不解地注视佩吟，却已经听到颂超在沉着地、哑声地、坦白地、直率地说了："让我告诉你，纤纤。"他正色说："在我认识你以前，我先认识了这位林维珍，我跟她一起玩过，跳过舞，游过泳。而且，我……做了一件不该做的事，我……"他很碍口，很结舌，很困难，尤其，在纤纤那对黑白分明的大眼睛下。"我带她到福隆，在那儿过了一夜。现在，维珍来找我，她说她怀了孕，要我承认那孩子是我的……纤纤，你听明白没有？"

纤纤点了点头，仍然直视着颂超。

"可是，"颂超继续说，"那孩子并不是我的，所以，我不承认，你韩老师也已经问明白了，于是，维珍很生气，她抓伤了我，也踢伤了韩老师……你，你……懂了吗？"

"哈哈！"维珍又怪笑了，"解释得真清楚！"

纤纤转过头来了，她一脸的严肃，眼光幽柔地闪着光，那小小的脸庞上，依旧一团正气，一片天真和像天使般的温柔。她直视着维珍，清清楚楚地问："颂超真的是那孩子的父亲吗？"

"当……当……当然……"维珍迎视着纤纤的眼睛，从没看过如此纯洁的眼光，从没看过如此正直的神情，从没看过如此坦白的天真，竟使她忽然瑟缩起来，忽然自惭形秽了。她垂下了头去，居然自己也不相信地说了实话："当然不是。"

"那么，"纤纤把手温柔地放在她手臂上，很认真很认真地问，"你很爱颂超吗？没有他你不能活吗？你简直离不开他吗?"

"见鬼!他算什么东西?我会离不开他!"维珍冲口而出,涨红了脸,"我根本看不上他,他这个愣头愣脑的混蛋!"

"那么,"纤纤如释重负地叹了口长气,"你不要跟我抢他,你把他让给我好不好?因为我好爱好爱他,没有他我是不能活的!"维珍睁圆了眼睛,不能相信地看着纤纤,好像纤纤是个怪物似的。然后,她就深深地抽了一口气,倒在沙发里喊:"天哪!世界上会有这种女孩!"

纤纤仍然直视着她,固执地追问着:"好吗,林姐姐?你已经抓伤了他,你已经出过气了,你就原谅了他吧!"

"你呢?"维珍忍不住问,"你也原谅他吗?"

纤纤回头看看颂超,她的脸上一片光明坦荡。

"我根本没有怪他呀!"她说。再转头看着维珍:"他先认识你,后认识我,不管他跟你多么亲热,那是因为你很可爱的缘故,你是这么美又这么迷人的。他离开你,大概是因为你不够爱他,你刚刚说了,你根本看不上他。他……他……他是要人用全心全意来爱的。我……就是用全心全意来爱他的!我没怪他,更谈不到'原谅'两个字!"

"你——"维珍简直惊奇得连自己来这儿的目的是什么都忘了,"你不怕他以后变心,再爱上别人?"

纤纤摇摇头,像一个虔诚的信徒,提起了她的"上帝"一般。"他不会的!"她回头看颂超,扬着睫毛问,"你会吗?如果你会,那一定是因为我不够好!"

颂超满眼眶都是泪水,他不能说话,因为他的喉头哽住了。他脸上的伤口还在流血,纤纤伸手轻触他的下巴,带着无限的怜惜,无限的心痛,无限的热爱,她低声说:"很疼,是吗?"她伸手拉住他的手。"我们上楼去吧,我帮你把伤口清理好!"她再望着维珍,诚心诚意地、感激地说:"谢谢你,林姐姐,你把他让给我,我会感谢你一辈子。你是个好心的人!再见!林姐姐!"

她拉着颂超的手,走出了房间,带上了房门。

一时间,房里好安静,纤纤所表演的这一幕,实在出乎每一个人的预料,过了好半天,自耕才叹口气说:"说实话,她虽然是我的女儿,我还是不了解她!她总会带给我许多惊奇!"

"你知道吗?"佩吟深思地说,"我们是一些平凡的人,而纤纤,她实在是个天使!"

"否则,"维珍接口,"她就是个傻瓜!再否则,她就是世界上最最聪明的女人!"

佩吟想着维珍的话,她对维珍深深点头。

"你有理!"她说。

室内静了片刻,每个人都若有所思,终于,维珍长叹了一声,她无精打采地、怅然若失地站起身子:"我也该走了。闹过了,吵过了,戏也看过了!很无聊,是不是?我为自己悲哀。"

佩吟握住了她的手。"等一等。"她说。

"还等什么?各种没趣都已经讨到了!"

"你还有问题没解决,"佩吟盯着她,"那孩子的父亲,是

××航空公司的空服员,名叫程杰瑞,对吧?"

维珍惊跳了。自耕也惊跳了。

"你怎么知道?"维珍问。

"第六感。"佩吟笑笑,"事实上,你跟我提过那个空服员。怎么?他为什么不要这孩子?"

"他怎么会不要?"维珍瞪大了眼睛,"他要得要命,但是……"

"他失业了!琳达把他解聘了,你不能嫁一个无业游民,你又舍不得拿掉这孩子。维珍,你是认真在爱程杰瑞吧?"

"某一方面是认真的,只是,他太没出息!"

"人生的事很难讲,"佩吟掉头去看赵自耕,"我看,你该见见那个年轻人,你不是有家传播公司吗?我想,他是第一流的外交人员!你如果要找负责人的话,我帮你推荐一个。"

赵自耕用惊佩的眼光望着佩吟:"我看——我应该接受你的推荐。"

维珍不相信地看着他们。"你们——真的要他负责一家传播公司?"

"明天上午,叫他到我的办公室来看我!"赵自耕肯定地说,"不过,警告他,不许再闹桃色新闻!"

维珍的眼睛里,忽然蒙上了泪光,她咬咬嘴唇,想笑,结果,却哇的一声哭了出来。伏在佩吟的肩上,她哭得抽抽噎噎的,一面哭,一面断断续续地说:"我……好傻,我……像个傻瓜,是不是?"

"我们每个人,有时都会像个傻瓜。"佩吟说,拍抚着她的背脊,"天都快亮了,你要为孩子保重自己,我叫老刘开车送你回去,嗯?"维珍点了点头。

十分钟后,维珍走了,颂超和纤纤在楼上,书房中又只剩下了佩吟和自耕两个人。

他们并肩站在窗前,经过这样轰轰烈烈的一夜,天色已经蒙蒙亮了,黎明前的曙光,正在云层后面放射,把所有的云彩都染成了发亮的霞光。

自耕紧紧地搂着佩吟,他说:"你知不知道,你有一项很大的缺点。"

"是什么?"

"你太聪明,而且——有点狡狯。"他想着她如何"诱"出维珍怀孕的漏洞,"你这种女人,会让男人在你面前显得渺小而无能。我真不知道,我这个律师,是不是应该让给你来做?"

她笑了。把头偎在他肩上。

"这缺点很严重吗?"她问。

"很严重。"他正色说,"可是,当你真正爱一个人的时候,你是应该把她的缺点一起爱进去的,所以——"他吻她的耳垂,轻叹着:"我爱你的缺点!"

她更紧地靠着他,阳光终于透出了云层,照射在窗台上的一排金盏花上。赵自耕微微地吃了一惊,他说:"是谁把窗台上的金鱼草搬走了,而放上这么多盆金盏花?我不喜欢!"

"是我。"佩吟说,"金鱼草和金盏花放在一起很不协调,所以我全换上金盏花。记得吗?我们第一次发生感情,就由于一盆金盏花，纤纤和颂超也是的！"

"你知道金盏花代表的意思吗？"自耕不安地问。

"我知道，它代表离别。"

"你不忌讳？"

"放上金鱼草，就不忌讳了，是吗？"

"那成了一句话：离别了，傲慢！"

佩吟瞅着他，含笑点头。

"现在是好几句话！"

"什么话？"

"离别了，离别。离别了，离别。永远离别了，离别。"她说着，笑得更甜了，"你该懂得负负得正的原理，这句话的真正意思是：和离别告别了！换言之，是：永不离别！"

他又惊又喜又佩又赞地瞪着她，吸了口气。

"你知道吗？你又多了一项缺点！你太敏捷！"

"我知道。"她笑着，"你只好连我的缺点一起爱进去！"

阳光更灿烂了，把那一排金盏花，照耀成了一排闪亮的金黄。每一片黄色的花瓣，都在太阳光下绽开着、闪耀着、盛放着，迎接着那黎明时的万丈光华。

——全书完——

一九七八年十一月二十七日深夜初稿完稿
一九七九年一月十七日初度修正
一九七九年二月十六日二度修正

（京权）图字：01-2024-1728

图书在版编目（CIP）数据

金盏花 / 琼瑶著. -- 北京：作家出版社，2024.10
（琼瑶作品大合集）
ISBN 978-7-5212-2840-3

Ⅰ. ①金… Ⅱ. ①琼… Ⅲ. ①长篇小说-中国-当代
Ⅳ. ①I247.5

中国国家版本馆 CIP 数据核字（2024）第 089051 号

版权所有 © 琼瑶

本书版权经由可人娱乐国际有限公司授权作家出版社出版简体中文版
非经书面同意，不得以任何形式任意重制、转载。

金盏花

作　　者：琼　瑶
责任编辑：邢宝丹
装帧设计：棱角视觉　纸方程·于文妍
出版发行：作家出版社有限公司
社　　址：北京农展馆南里10号　　邮　编：100125
电话传真：86-10-65067186（发行中心）
　　　　　86-10-65004079（总编室）
E-mail: zuojia@zuojia.net.cn
http://www.zuojiachubanshe.com
印　　刷：中煤（北京）印务有限公司
成品尺寸：142×210
字　　数：151千
印　　张：7.25
版　　次：2024年10月第1版
印　　次：2024年10月第1次印刷
ISBN 978-7-5212-2840-3
定　　价：36.00元

作家版图书，版权所有，侵权必究。
作家版图书，印装错误可随时退换。

品琼瑶经典
忆匆匆那年

琼瑶作品大合集

1963	《窗外》	1981	《燃烧吧！火鸟》
1964	《幸运草》	1982	《昨夜之灯》
1964	《六个梦》	1982	《匆匆，太匆匆》
1964	《烟雨濛濛》	1984	《失火的天堂》
1964	《菟丝花》	1985	《冰儿》
1964	《几度夕阳红》	1989	《我的故事》
1965	《潮声》	1990	《雪珂》
1965	《船》	1991	《望夫崖》
1966	《紫贝壳》	1992	《青青河边草》
1966	《寒烟翠》	1993	《梅花烙》
1967	《月满西楼》	1993	《鬼丈夫》
1967	《翦翦风》	1993	《水云间》
1969	《彩云飞》	1994	《新月格格》
1969	《庭院深深》	1994	《烟锁重楼》
1970	《星河》	1997	《还珠格格第一部1阴错阳差》
1971	《水灵》	1997	《还珠格格第一部2水深火热》
1971	《白狐》	1997	《还珠格格第一部3真相大白》
1972	《海鸥飞处》	1997	《苍天有泪1无语问苍天》
1973	《心有千千结》	1997	《苍天有泪2爱恨千千万》
1974	《一帘幽梦》	1997	《苍天有泪3人间有天堂》
1974	《浪花》	1999	《还珠格格第二部1风云再起》
1974	《碧云天》	1999	《还珠格格第二部2生死相许》
1975	《女朋友》	1999	《还珠格格第二部3悲喜重重》
1975	《在水一方》	1999	《还珠格格第二部4浪迹天涯》
1976	《秋歌》	1999	《还珠格格第二部5红尘作伴》
1976	《人在天涯》	2003	《还珠格格第三部天上人间1》
1976	《我是一片云》	2003	《还珠格格第三部天上人间2》
1977	《月朦胧鸟朦胧》	2003	《还珠格格第三部天上人间3》
1977	《雁儿在林梢》	2017	《雪花飘落之前——我生命中最后的一课》
1978	《一颗红豆》	2019	《握三下，我爱你——翩然起舞的岁月》
1979	《彩霞满天》	2020	《梅花英雄梦之乱世痴情》
1979	《金盏花》	2020	《梅花英雄梦之英雄有泪》
1980	《梦的衣裳》	2020	《梅花英雄梦之可歌可泣》
1980	《聚散两依依》	2020	《梅花英雄梦之飞雪之盟》
1981	《却上心头》	2020	《梅花英雄梦之生死传奇》
1981	《问斜阳》		